臨街的
窗戶

程寶林——著

程寶林詩選

代序

追尋歲月的河
──論程寶林詩風的嬗變

張靜

　　程寶林在二十多年的創作生涯中積累了大量的詩作，其詩風鮮明而富於變化。上世紀八十年代末思想解放大潮和詩人的旅美經歷對於詩風的轉變起到了關鍵性的作用，以這兩件大事為界可將程詩創作分為三個階段，主導風格分別是單純明朗、隱晦遠奧、從容雋永。本文將從詩歌主題立意、詩人內在心理依據、時代精神特徵、文化變遷及文化相遇的角度綜合把握程寶林詩風的嬗變，並試圖以詩風嬗變的分析來揭開時代精神特徵、文化變遷及文化相遇的一角面紗。

　　上世紀八十年代初活躍於高校校園的「學院派」詩人中，程寶林可算是個佼佼者。他的輝煌不是曇花一現，二十年的不輟筆耕成就了纍纍碩果。從開始成名的八十年代初到現在，其創作生涯已有二十餘載。二十多年在滾滾歷史長河中實在不算什麼，然而這二十多年對於崛起中的中華民族來說卻是國運轉昌的關鍵。改革開放帶來的不僅是物質資料的豐足，而且有思想的解放、文化的衝擊、精神的震盪；而國

門的打開，更使出國接受外來文化成為可能。親歷八十年代末思想解放大潮且旅居美國長達十年之久的程寶林決不是消極出世的隱逸詩人，其詩歌也不可能絲毫不受文化變遷的影響，從詩風的嬗變，不僅可以見出詩人的個人經歷、精神追求的軌跡，更能在詩篇的流淌中，重現歷史與文化於變遷中的綽綽身影。

詩歌的形成和發展，與先天的秉賦氣質有關，但更要受到客觀社會條件的制約和影響。「任何創作個性和風格，都毫無例外地要受到他所在的社會的政治、經濟、哲學、文化等等的制約和影響。這些影響是複雜的、多方面的，既影響其世界觀和人生態度，也影響其文化心理和情感意緒。」[1]同樣，程寶林所處的時代變革及其旅美經歷都通過其人間接地影響到了其詩，從而使詩歌的總體風格在八十年代末和1997-2001年中發生了兩次較明顯的轉變。以這兩次轉變為界，可將程詩創作分為三個階段，分別以單純明朗、隱晦遠奧、從容雋永為主導風格。

一、單純明朗的早期詩風

感受青春、禮讚生命、吟頌民族之魂是這一時期的主題。或抒個人情愫，或發民族情感，無論是清新綺麗還是激

---

[1] 童慶炳主編：《文學理論教程》（修訂版），高等教育出版社1998年版。

昂雄渾，都體現出單純明朗的個人風格與時代風格。

在83年所作的〈季節河〉[2]中，詩人自喻為河，來自雪山，奔往大漠。這條年輕而又清澈的河，沖下漸融的冰峰，呼嘯著狂放的野性，湧動著執著的期待，氾濫著溫柔的渴望，跳動著青春的脈搏。他的詩歌不僅為詩壇帶來了一股新鮮淨朗的氣息，更為時代之曲的譜寫添上了美妙的一筆。無論是〈初戀〉[3]的單純清澈、羞澀遲疑，還是〈野浴〉[4]的歡快淋漓、叛逆不羈都給甦醒中的華夏大地增添了新的生機；〈南方啊，我的搖籃〉[5]描寫飽滿而豐盈的生活與情感，往事歷歷在目、故人盈盈可親，一柄油紙傘觸發了遐想無盡；〈天氣預報〉[6]採擷雲雨雪晴，於輕鬆明快中再現人與人之間的關懷，充滿了對生活的熱愛。這些詩篇既與詩人的少年情懷相恰，又與八十年代中期整個社會煥發出青春活力的時代風貌不無關係。如果說〈大西北，一群年輕人〉[7]以少年的朝氣與銳氣、年輕的自信與豪情唱響了時代的強音，那麼〈雨季來臨〉則貼切地表達出具有時代特徵的社會心態：久盼甘霖而得，初沐春風而樂。「在經過了長長的旱季之後／雨季來臨」。充滿著誘惑、焦躁與渴盼，孕育著幻想、美妙

2　程寶林：《未啟之門》，第8頁，四川文藝出版社，1987年。
3　程寶林：《紙的鋒刃》，第4頁，重慶出版社，2003年。
4　程寶林：《未啟之門》，第41-43頁，四川文藝出版社，1987年。
5　程寶林：《紙的鋒刃》，第7-8頁，重慶出版社，2003年。
6　程寶林：《紙的鋒刃》，第23-24頁，重慶出版社，2003年。
7　程寶林：《未啟之門》，第29頁，四川文藝出版社，1987年。

與生機，在經過了長長的旱季之後，「鹹澀而潮濕的海風」吹送了雨季的來臨，它「沖斷亞熱帶密密設防的緯線／撲進每一雙因渴盼而流淚的眼睛」。[8]這以震撼人心的力度呼嘯而來的正是時代變革的洪流、創造力與生命力的覺醒。

瀏覽程寶林早期的詩作，可以發現「土」與「水」是經常出現的兩個意象。「土」與「水」這兩種截然不同的因素，正是生命的源泉。在程詩中，故土意象俯拾即是：那家鄉的獨木橋和瀟瀟雨巷，那春日裡的梨雲桃霞，那陽光明媚的早晨，那長勢喜人的麥子苧麻，那兌了陽光新釀的包穀酒；還有那些生活在土地上的人們，那追隨春天而來的放蜂女郎，那秋夜的平原上，銅鈴兒叮噹叮噹的馬幫，那個走南闖北卻鰥居而死的講古佬，那些多情而又活潑的南方的女人們。對於土地的眷戀是程寶林終生難以釋懷的情結，無論是遷居屋頂還是困守高樓，無論是逢著小雨還是遇到冰雹，他對故土的癡念都註定了無法變更。

然而，在遠方，還有另一種東西召引著他，慫恿著他的渴望與追求。那是雋永流動的芳蹤，是生生不息的衝動，是深沉遼闊的雄心，是鹹澀神秘的磅礴。那是水，是大河、是大海，是奔騰、是激越，是藍色的幻影，是永恆的誘惑。它一忽兒是男性的海，「每一次裸露的衝動／都會給渴望擁

8　程寶林：《紙的鋒刃》，第15-16頁，重慶出版社，2003年。

抱的陸地／帶來痛苦，和痛苦之後勃勃的生機」[9]（〈颱風季〉）一忽兒又變成女性的河，彈奏潺潺淙淙的伯牙之曲，濺濕青石上晾曬未乾的詩經，閃耀著古典美的流光溢彩，彌漫著書卷氣的淡淡芬馨。水，這種透明的液體，是那麼神秘莫測，它讓祖祖輩輩生長並安葬在土地中的人們感應自己體內血液的流動，「讓住在狹隘的山谷裡的／都跟著長江出走，投向東方／那沉澱著藍色血液的古遠的遼闊！」[10]（〈跟著長江〉）「生命源於水而歸於土。」[11]對故土深深的愛是人生的根基，對大海的崇拜與追求是生活的動力。「土」所代表的厚實的穩固感與「水」所代表的流動的生命力相反相成，不僅鼓蕩著詩人的心胸，而且暗合著時代的脈搏。

　　吟頌民族之魂是程寶林早期詩歌的又一主題。〈屈原〉[12]感慨對故國詩篇、中華血脈的無限崇拜，〈世紀之初〉[13]痛陳對清朝昏庸、國人愚昧的無比憤恨，〈寫大字的人〉[14]切言對國學漸微、文化承傳的無盡思索；而〈廢墟上的玉米〉[15]以玉米的堅韌不屈、蓬勃生長象徵中華民族不能被暗殺的生命力量，使民族性格躍然紙上；令人掩卷深思的

9　程寶林：《未啟之門》，第66頁，四川文藝出版社，1987年。
10　程寶林：《未啟之門》，第61頁，四川文藝出版社，1987年。
11　程寶林：《程寶林抒情詩拔萃》，第27頁，四川大學出版社，1991年。
12　程寶林：《紙的鋒刃》，第28-29頁，重慶出版社，2003年。
13　程寶林：《紙的鋒刃》，第33-34頁，重慶出版社，2003年。
14　程寶林：《紙的鋒刃》，第45-46頁，重慶出版社，2003年。
15　程寶林：《紙的鋒刃》，第37-38頁，重慶出版社，2003年。

〈百年茶客〉則講述了一個故事。故事中的百年茶客不滿因循守舊的沒落文化，他「痛感這百年老店的金字招牌／比大清的龍旗更不易腐爛」。他抱著一絲幻想，希望等到一壺茶，於是在茶館的一角坐下，一坐就是一個世紀，不問世事，木然飲茶。百年茶客懂茶、等茶，卻縮在一個角落裡獨酌，寄希望於等待之後的賜予，可他卻等來了一杯棕黑色的液體，滋味既澀又苦，「百年茶客就這樣死於一口咖啡」[16]。世事變遷，茶館悄然改變。咖啡代表的異質文化裏脅而來，衝垮了百年茶客的最後防線；那把硬朗的紫砂茶壺也作為他的棺槨葬入土中，讓位於當下流行的咖啡壺。茶客作為舊時代的老古董，他的存在似乎是不和諧的、可笑的，然而他的存在本身就是對民族情愫的固守，所以他的消失讓人不禁感喟萬端，而他的木然、孱弱、一成不變的冥頑、閉目塞聽的枯朽，又讓人扼腕憤然、怒其不爭。憤恨未過，心頭卻又一驚：如果人人都在啜飲咖啡、追逐「情調」，那流傳百世的「茶」還有誰能記起？茶的奧妙、茶的精神、茶的血脈又將交付給誰？這正是一個民族於進退之間的艱難選擇。

感受青春、禮讚生命、吟頌民族之魂，但不停留於表面的顯附。哲學層面上詩歌立意的深化使詩的格調既高且豐，

---

[16] 程寶林：《程寶林抒情詩拔萃》，第93-94頁，四川大學出版社，1991年。

境界為之闊大，底蘊為之深厚；這也使得詩歌在風格上的單純明朗不會流於輕淺單薄。

二、隱晦遠奧的中期詩風

　　人生的思考、艱難的選擇、難解的困惑；這是程寶林中期詩歌的主題。異質思潮和多元文化隨著改革開放大潮一擁而入，令人耳目一新的階段過後，這些因素在文化層面的影響進入了一個更加深刻的階段，並於八十年代末達到了峰值。此時的詩人恰從學院走出數載，正好經歷了這一思想解放和文化整合的過程。面對著接踵而至的思考、選擇和困惑，他的詩風也漸漸脫盡了早期的單純明朗，而變得隱晦遠奧起來。

　　創作於88年的〈病鳥〉與優美、自由、快樂無關，一句「天空黏住了靈魂的悲鳴」奠定了陰鬱隱晦的基調。「看天看井／看井中的天和天上的井／許多鳥深陷其中／翅膀在空氣中腐爛」[17]，天和井意味深長的錯位，使人在天空中看不到自由，卻看到了鳥的深陷和腐爛。而這種錯位象徵著什麼？若渴望高飛的「鳥」是人的理想願望、歡樂幸福、愛情詩意的象徵，那麼本該提供自由空間卻淪為閉塞枯井的「天」又象徵著什麼？這種消極的感情意緒到底是什麼造成

---

[17]　程寶林：《紙的鋒刃》，第49-50頁，重慶出版社，2003年。

的?是內心的矛盾和困惑?如果是,那麼造成人們矛盾困惑的社會因素又是什麼?詩風的隱晦遮掩了答案,卻激起了無盡的追尋和考問。再看〈栽培葡萄〉這首89年的作品。「每一粒葡萄都至少面臨/三種方式/但你一生不能同時栽培/三粒葡萄/一粒釀酒一粒贈美人/一粒懸掛枝頭 被風無謂地吹落」[18]。人生的選擇多而又多,可以執著於現實,幹出一番大事業,可以溫柔繾綣、沉緬於溫柔之鄉,還可以散漫自在、與世無爭;然而卻只能選其中的一條路來走。這首詩言在「葡萄」而意在人生抉擇,雖遠奧卻更有餘味,是一種形象化的哲學思考。體現隱晦遠奧詩風的還有創作於89年的〈玻璃〉[19]和〈鼓手〉[20]。前者以蒼蠅的附著與飛離表現玻璃的透明空虛,給人一種強烈的視覺感,彷彿是影視藝術中的現代手法;後者表現鼓手在舞臺上的荒誕感,與荒誕派戲劇的手法相類,像是莫名其妙的夢魘。也許隱晦遠奧的背後並不總是藏著固定的答案,而只是意欲表達一種心理、一種意緒,一種對於社會和人生的困惑。「對中國人我說向前走吧/對外國人則說Go ahead/沒有誰知道/我是真正迷途的人」[21]。〈詩人〉的最後四句正是內心困惑的某種反映。

　　面對紛繁雜蕪的多元文化思潮,一時的困惑在所難免。

---

[18] 程寶林:《紙的鋒刃》,第77-78頁,重慶出版社,2003年。
[19] 程寶林:《紙的鋒刃》,第66頁,重慶出版社,2003年。
[20] 程寶林:《紙的鋒刃》,第69-70頁,重慶出版社,2003年。
[21] 程寶林:《紙的鋒刃》,第96頁,重慶出版社,2003年。

由於暫時無法接受容納這些複雜多元的文化形態，詩人思想
上的二元對立也成為一大特徵。如〈開闊地〉[22]中，平原的
開闊平坦藏不下人的自由走動，來自隊伍的不安與敵意將他
瞄準；再如〈廚房中的兩位廚師〉[23]，一位將刀拿在左手，
一位將刀握在右手，他們彼此警惕和恐懼。無論是平原上那
一個人和一支隊伍，還是廚房中的兩位廚師，他們之間的關
係都是不理解、不信任，和充滿敵意的相峙。

　　當然，程寶林這一時期的詩作並不僅僅是顛覆和諧的相
峙、象徵暗示的隱晦，也有前一時期思鄉主題的延續。1996
年的〈被剪掉的頭髮〉[24]和〈夏天〉[25]正是他隻身在美的思
親、思鄉之作。前者講述詩人作為父親，兩年不見幼子，偶見
自己襯衣中兒子的胎髮，勾起了無盡的思念和無端的憂愁。
後者描繪詩人在滿眼都是路燈光的紐約，在不堪忍受的刺
目、耀眼中，卻辨認出有一點故鄉的流螢，飛抵了這個夏天。
這種思親懷鄉的暖意給中期的隱晦遠奧帶來了一抹亮色。

三、從容雋永的近期詩風

　　穎悟現實的複雜，容納文化的多元，於非位和無理之間
找到恰當的位置，成就一種別樣的、藝術化的人生；這是旅

---

[22]　程寶林：《紙的鋒刃》，第122頁，重慶出版社，2003年。
[23]　程寶林：《紙的鋒刃》，第128頁，重慶出版社，2003年。
[24]　程寶林：《紙的鋒刃》，第132頁，重慶出版社，2003年。
[25]　程寶林：《紙的鋒刃》，第135頁，重慶出版社，2003年。

美數載之後，步入不惑之年的程寶林的精神狀態和內心追求，也是其詩作轉入從容雋永風格的內在依據。

在1997-2001年之間，詩人鮮有詩作問世，這是一個積累和蛻變的過程。當2002年作者再度提筆的時候，〈擦亮馬燈〉所顯示的力量確與往昔大不相同。海外寫作提供了雙重的文化視角，正如詩中提著馬燈「在電燈與霓虹的城市摸黑趕路」的意象所象徵的雙重文化燭照。「馬燈」所象徵的古老中國的文化傳統與「電燈」、「霓虹」所象徵的資本主義美國的現代文化並非互相排斥，而是相互區別、各有優劣。在到處閃耀著電燈與霓虹的城市依然可能摸黑趕路，馬燈的光線雖然微弱，卻可以「照亮腳尖前的小路」[26]，在燈火輝煌的現代化都市中，馬燈並沒有喪失存在的意義，雖然鏽跡斑斑，但依然有人將它點燃，將它輕輕擦亮，在電燈照不到的黑暗中，用它的微光散佈光明和溫暖。這不僅體現了詩人對美國文化的接受、對中國文化的珍視，更體現出詩人海納百川的胸懷和應對從容的氣度，以及在雙重文化燭照下開闊而嶄新的視野和具有穿透力的睿智。

在美國文化中浸染數年的經歷為詩人提供了又一文化背景，而人到中年的沉穩豁達則為思考的明晰透徹提供了內在心理依據。不惑之年的思考是濾去色彩的線條，嚴肅而冷

---

[26] 程寶林：《紙的鋒刃》，第163頁，重慶出版社，2003年。

靜。詩作中深藏了激越的情感、澄澈了繽紛的才情，雖簡約卻有力，發一言而雋永；這都是因為不惑的目光不再停留於事物的表面，而是切近了事物的實質。在〈對比〉中，乍一看「蘋果」和「子彈」被聯繫在一起進行對比，不由得會感到匪夷所思，而一旦洞穿了它們的實質，不禁要感佩於詩人見解的獨到和精闢：「蘋果」可以被吃掉，用來滋潤生命，而「子彈從不會被吃掉／它們只是飛翔，並且吃掉」[27]；這正是在生命主題下一個嚴肅的對比。同樣，在〈紙的鋒刃〉中，詩人也發現了刀片和紙之間的關聯，「紙可以像刀片一樣將人割傷／甚至殺死／但刀片卻無法像紙那樣／折疊成小船／在小溪裡順流而下」[28]。「紙」是文明的載體，「刀片」是暴力的象徵，文明可以比暴力更有力，而暴力卻永遠也無法超越文明。

　　與對比聯想相比，「他者」主題更具有哲思的魅力。〈自由女神雕塑下〉[29]一詩中，淺灘上的魚就是一個「他者」意象。魚兒被海浪或誆騙或裹脅，來到自由女神雕塑下，卻無法呼吸著岸邊自由的空氣而活下來，只能漸漸停止了與海浪的搏擊，窒息而死。〈跳樓之前一分鐘〉裡的「我」是美國這個黃金國度裡的他者。「一個陌生者、一個

[27] 程寶林：《紙的鋒刃》，第147頁，重慶出版社，2003年。
[28] 程寶林：《紙的鋒刃》，第159頁，重慶出版社，2003年。
[29] 程寶林：《紙的鋒刃》，第165頁，重慶出版社，2003年。

外國人」，「我」登上雙塔的頂部，準備「把我的死亡發表在水泥地上」，卻正趕上一架飛機飛來，「此刻是早晨8點45分，2001年9月11日」，「我的名字被錯誤地加在遇難者長長的名單上」[30]。結尾以一種近乎滑稽的幽默實現了「他者」向主流文化圈的融入，而融入的方式卻是名字被加在罹難者的名單。無論是自由女神雕塑下的魚，還是「罹難」於911的「我」，都是「自由國度」裡的「他者」。他們的存在和死亡都向所謂的「自由」提出了不容迴避的質疑。詩作的意味悠長、含義雋永與詩人的旅美經歷和自身修養是分不開的。正是在穎悟了現實的複雜、容納了文化的多元之後，詩人才能夠兼收並蓄，不受其亂、而得其豐，於無理中尋找意義，在非位中尋找自由，從而形成從容雋永的詩歌風格，並在此達到一個哲學的高峰。當然，這並不是一個休止符，歲月流徙，歲月之河亦不停息。歲月的塵埃掩不住閃光的東西，抹不去，是流淌於歲月中的詩篇。

投身詩壇二十年，從民風淳樸的故土到日新月異的都市又到大洋彼岸的美國，從激情澎湃、才情縱橫的青年到深刻睿智、豁達從容的中年，程寶林且行且唱，或單純明朗，或隱晦遠奧，或從容雋永，譜寫了一曲又一曲動人的詩篇。他那鮮明而富於變化的詩風給讀者留下了深刻的印象，奠定了

---

[30] 程寶林：《紙的鋒刃》，第175頁，重慶出版社，2003年。

他在當代詩壇的重要地位，同時也為我們反觀時代精神、文化變遷、文化相遇提供了一個不可多得的視角。

**張靜：武漢市華中師範大學文學院比較文學與世界文學專業研究生，黃山學院文學院教師。

/目次/

第二編　四川之詩（1985-1998）

第三編　美國之詩（1998-2011）

第一編

北京之詩
（1983-1985）

雨季來臨

在經過了長長的旱季之後
　　　　雨季來臨

彷彿什麼都不會發生
熟透了的大地，籠罩著由蟬聲
和蜻蜓翅膀織成的寂靜
棕櫚在正午捲起葉片
把樹冠縮成一小片扇形
最後一隊運水的駱駝
消失在赭黃的地平線
沙礫灸紅了寂寞的駝鈴
井臺上，轆轤充滿自信地捲動著
　　　漫長的旱季
　　　慵倦的等待
　　　幽深的古井……

鹹澀而潮濕的海風
沖斷亞熱帶密密設防的緯線
撲進每一雙因渴盼而流淚的眼睛
不可抗拒的男性的氣息
（大海，真是一個粗獷的男子呢！）
不可抗拒的大海的誘惑
搖撼所有的處女林
莊嚴地宣佈──佔領！

在經過了長長的焦渴之後
雨季來臨

兩株椰子樹牽起的吊床
輕輕地在風中
搖動少女和她的椰影
涼棚外，一只銅盆淅瀝起來
她知道，這是一個因甜蜜而不安的季節
在彈奏一架從未撥動的琴
等銅盆注滿雨點的音符
就會有人彈起口弦，向她的竹樓走近
她有點膽怯。夏眠之後
　　醒來一顆鮮嫩多汁的心

在經過了長長的默禱之後

雨季

來臨

1983.10.21，北京

季節河

我選擇了不能萌發春天的土地
選擇了無邊無際的沙漠
稀疏如老者髮絲的幾莖紅柳
為漠風所吞噬的哀怨的駝鈴
作我的朋友或情人

我選擇了不能開放花朵的季節
選擇了陽光下坍塌的冰峰
一層一層消融的積雪
被潺潺流水揉碎的雪蓮
氾濫我的情熱和愛戀

我呼嘯著撲向王維的詩箋
把圓圓的落日攬入自己的懷抱
我從心底鄙視另一類河
慵臥在千年的韻律裡
連呻吟也不變變調子，……

我是狂放的，狂放有如烈馬
沒有一支槳能成為我的主宰
既然雪山接受了太陽的熱吻
怎能不激揚起野性的吶喊！

也許，當你疲憊地匆匆地趕來
我已在奔往綠洲的路上消逝
用不著為我吐一聲歎息
我終將復活於生命的盛夏

1983.4.6，北京

橄欖島
——一次遙遠的夏令營

橄欖島的日子是橄欖的日子

1

橄欖島是一枚碩大的橄欖
在海水裡浸泡時間像海水一樣呼嘯
海娘娘是唯一的住戶唯一的女人
滲有海腥的拜墊壓不死青青的艾蒿

2

一顆孤寂的黃昏星在海裡孤寂地洗澡
沒有漁歌和帆影的海面籠罩著神秘的寂寥
如同每個童話劇都由幻想和渴望
扮演主角越是處女的心房
越是因寂寞而充滿喧囂

3

於是，橄欖島把一彎瑩澈多情的月亮
高高地舉在頭頂，向海岸線
和正在上升的錨鏈發出愛情的信號

4

真幸運我們來咀嚼這一串橄欖的日子
帶著野性的愛跳進大海坦蕩的懷抱
紅色游泳衣與白色太陽帽
〈橄欖樹〉的曲子從帳篷漫上青空的林梢

5

女孩們因為是女孩而驕傲
她們很柔，像島上迎風搖曳的青草
男孩們因為是男孩而自豪
他們很野，像海上撒腿奔跑的浪濤

6

女孩們用黑泥塗臉扮演一群海盜
擄走了男孩們的橄欖——那青色的珠寶
她們撤退時丟棄了很香很淨的手帕
男孩們將手帕扯成船帆挑釁遠洋的風暴

7

野餐時有人將炊煙吹出了笛管
所有的橄欖樹一起在和絃中舞蹈
當男孩們女孩們枕著濤聲睡去
海藍色的繡著金錨的營旗
在夜風裡嘩啦啦嘩啦啦飄呀輕輕地飄
而青春，就在早晨翩然來臨
吹奏著太陽——
那管金黃澄亮的銅號

1983.11.3

雨夜，風敲打著窗戶

雨夜。風敲打著窗戶
小站的燈火淒冷而又稀疏
你對我矜持地笑了笑
抖掉肩上
所有的重負

茅屋。火爐
也許，這就是夜與友情的全部
大朵大朵的黑雲
呼嘯而來
塗改我心的天空
與森林裡的處女湖
真的，我是一個脆弱的女孩子
而你，有著屬於真正男子漢的
古銅色的胸脯

我不能隨你遠行
不能伴你走進暴風雨
穿過一段更加疲憊的旅途
只能憑一張站臺票
感受汽笛拉響的顫慄
我，也許不該對你的行李
也懷著那麼深的嫉妒

你的笑聲像夏天一樣晴朗
是的，即使沒有太陽
陰冷的風
也會吹乾道路

生活會回到它出發的地方嗎？
在終站的月臺上握手，是歸宿
也不是歸宿
朋友啊，為什麼我眸子裡
雨，飄個不住……

1984.2.13，初稿於荊門
1984.9.29，二稿於北京

天氣預報
——致X.M

總是在國際新聞之後
幾朵帶雨不帶雨的雲影
無聲地飄出螢幕
顯得很重，或者很輕

其實，無非是最高氣溫
最低氣溫
多雲轉陰或多雲轉晴
一座城市的天氣預報
向一顆心
預報另一顆心

你那裡下雨
雨點，馬上打濕我的衣領
你那裡落雪
雪花，轉瞬飄滿我的圍巾

太陽剛探出你的地平線
我這裡立刻升起──黎明

即使你不曾這樣癡情
即使高緯度的我
過早地感到冬季降臨
我仍要讓紛揚的雪花
舞亂你的思緒
帶給你眠歌般的寧靜
然後，我會踏著杜牧的石徑
搖著最後一朵楓葉的火焰
向你架在冬天的柴堆走近
點燃你的雪景
昇華你的夢境

愛，當然不能裝進保溫瓶
心，經歷冷暖才晶瑩透明
如果註定有雨
相信不是連陰
彩虹微笑時，太陽
將照耀濕漉漉的愛情

1984.10.11

南方啊，我的搖籃

當我的第一聲啼哭
和媽媽腮邊的狂喜一起滾下
南方啊，你就開始
用柔軟的荊條和更柔軟的篾片
為我編織搖籃
編織一只用來運載哭聲
無法破譯的微笑
和泥捏猴子的小船

我轉動黑眸
把鏡頭對準世界
媽媽們蜂擁成衛星
環繞在我的身邊
那些在蘆花蕩中
把船撐得如飛蝗一般
那些會遊「狗刨」、會耕田
喜歡和男人們打鬧、喜歡唱山歌

攢我屁股又用乳頭賄賂我的
南方的女人們
我分不清，也不願分清
誰是親娘

聽爺爺講夏天一樣美麗的故事
猜星星一樣越猜越多的謎
用黃鱔和螃蟹去敷衍學費
交換各自的愛物時勾緊小指
把賭咒的唾沫吐滿一地……

長大了我卻奔向北方
我曾在嫩江平原上吊兒郎當地走過
在毛烏素沙漠矜持地搖響駝鈴
在「姑娘追」中，險些兒挨了鞭子
啊！夢一般的綠色科爾沁……

但我怎敢忘懷我的南方
忘懷那獨木橋、瀟瀟雨巷
那桃花的紅霞和梨花的白雲
昨夜，一柄油紙傘斜過窗前
拽走我編織不盡的鄉情

於是，和著風聲吹響楠竹的長笛
將晶瑩的雨點兒吹飄成故鄉的流螢

1983.3.13

北冰洋旅箋

……極夜退潮了
像一枚被遺落的貝殼
我赤裸著站在
沒有海浪擁抱的礁岩上
用深呼吸
痛飲陽光

日曆表
復活了對於時間的
滴滴答答的記憶
苔蘚
開始在探險者的白骨上
逆著陽光生長

父親，在這距離睽隔的世紀裡
我無法準確地用經緯度
告知我的方位。你冷峻的目光

從來也不是為了阻止我

向冬天的外婆家或者魔窟流浪

冷藏生命於永恆的冰雪之中

我依然按我們祖先的節令

種植穀物和更換衣裳

我們生活得相當不錯

北極熊保姆很稱心

北極圈充氣而成的藍色帳篷

不太像我們家的老屋；而您的小孫女

以一半黃河基因繼承智慧

以一半愛斯基摩血統

炫耀健康

她嘰嘰喳喳地

學會了我們世代相傳的那種語言

她很愛疊破冰船

特別喜歡在雪上畫謎一樣的符號

讓我猜她是在計算歸期呢

還是在選擇河流：歸航

1985.4.25晨，北京

末班車
——小城之一

我是坐首班車出門的
當末班車被路燈灌醉後孤獨地回來

整整一天我都在饒有興致地
做著一些毫無意義的工作
遍訪這座陌生小城裡
來不及熟識的街巷、長滿瓦菲的石塔
以平凡日子裡少年歌者的名義
向一切的一切致以男性的祝福

把三隻斑駁的郵筒重新漆上橄欖色
將出售給明天的普通信封，統統貼上
藍色的航空標籤（儘管沒有機場）
小城的愛好是廣泛的
集郵協會永遠在籌備之中
小城的魅力結晶成多面體

盛產詩人和美人
也有臨時工，譬如我

之後天就黑了鬍鬚也莫名其妙地跟著黑了
頭髮把藍眼睛的夜染得濃黑如墨
有少女的屐聲從水巷的那端飄來
彷彿富士山下一次薔薇色的羅曼蒂克

於是頓悟時間是永恆的而時光是浪子
小城是殷勤的但我是過客
末班車與首班車在道路與道路之間
在白天和黑夜之間交替輪迴
男人們女人們有一種默契牢不可破
我忽然想起老母親正喚我回家
坐末班車，再換首班車，路過郵局

天亮了，鬍鬚黑了

炮樓裡的女人
──小城之二

那一年避戰亂躲進去
如一粒沙子藏進蚌殼
就再也沒有露過面
不知成了珍珠呢或依然是沙子

透明的樹脂　淚　歲月的分泌物
把她黏起來裹起來成為琥珀
最高一層晾出的女人的襯衣
風雨剝褪了撩人的氣息

那襯衣是青色的有淺淺的白花
正是那個時代流行的色調
她把這浣了又浣的心事掛上竹竿
從炮樓頂端的窗口挑給小城
挑給世界和人類。世紀末的太陽

噴射著最後的情熱的火焰
生命潮濕如水了依然不肯收回去
有時是曬有時是晾

半夜裡確有男性的呼吸撞開虛掩的鐵門
沉重的足音拂去樓梯上的灰塵
她的老貓在一層的過道上歡迎他
她的老狗在二層的過道上歡迎他
只有他才相信她富有魅力依然年輕

（有炮樓雄踞的小城一切都正正經經
只有這件桃色新聞破例讓小城高興）

後來女人的衣服旁又伸出一根竹竿
晾著一件男人的衣服宛如一面戰旗
或者是一篇由男人女人共同署名的宣言
對世界上並非僅僅是男女之間的事情
進行了控訴、揭露、肯定與否定

市民們善良地笑著揚言要拆掉炮樓
把他倆趕進陽光下沸沸揚揚的生活
有人驀然掩面憶起失蹤多年的母親
和平年代避難的老爸爸，在炮樓附近

1985.5.2，北京

浴池
——小城之三

藍色浴池是小城最神聖的宮殿
和灰褐色的教堂遙遙相對

當晚禱的鐘聲傳達出
夜的暗示，某種溫柔的隱喻
鴿子們自天外歸來
成熟了——鴿哨莊嚴的憂鬱
翅膀棲落的聲音
使夕陽調處的暖色調
沿著街巷漫成河流和小溪
唱詩班的歌聲散入草坪之後
浴池裡姑娘們浪漫起來
把青春的歡樂譁然地潑下
沒有傣族的小城天天都過潑水節

只有我是不懷惡意的窺視者
在教堂與浴池等距離的地方

沐浴靈魂與沐浴肉體的年輕女性們

沿著一條岔道分開了又走到一起

黃昏怎麼也無法把話題岔離愛情

我漫不經心地守候著

出浴的少女以天仙的步態飄過

引起靈魂一陣隱秘的顫慄

我真想用舊報紙遮住眼睛

像真正的流浪漢假寐於長椅之上

靜聽誰的足音

自遠而近

　　由近及遠

　　　漸行漸杳

但我怕小妹妹又跑來無緣無故地撒嬌

摟著我的脖子喋喋不休地問我

哥哥你在等誰呢哥哥你在想什麼呀

教堂裡正在舉行婚禮

我該不該哄她去看熱鬧呢？

1985.5.4，青年節於北京

刺龍的水手
——小城之四

土著女人們！

且回去洗耳恭聽酋長粗魯的咒語吧

他們把桅杆像樹一樣嫁接在脊柱上

身子往大海裡一躺就漂走了

沿著回歸線漂回老祖母的催眠曲裡

而把船留給你們漸漸脹痛的乳房

留給你們帶著部落情調的臀部

留給你們為孕育而準備的寬大的骨盆

作為搖籃，作為沒有留下國籍和履歷的

父親們的姓氏、祝福或財產

海龍王嬌嫩的公主喲

忘掉東方海岸上長出的這些棗刺般的硬鬍鬚吧

你捲起海嘯有什麼用呢

難以壓抑無法按捺的海的騷動有什麼用呢

（歸去來兮歸去來兮田園將蕪胡不歸！）

如今他們散坐在榕樹老爺爺的長髯裡
一大片棕色的紫色的醬黑色的陽光漸漸冷卻
一長串船的名字島的名字海域的名字
慢慢地緩緩地消匿於記憶的海平線之外了
只有他們袒出的多毛多刀疤的背上
青色的龍還在騰飛還在奮爪嘶吼
海龍王仍然不得不趕緊將自己的女兒塞進被窩

一群征服了海佔有了海盡情享受了海的男人
一群聽見風暴就對波濤產生情慾和衝動的男人
一群被命運摜進苦難裡，被鄉愁縛在望鄉石上的男人
帶去了一切掠走了一切之後──終於空手而歸了
頭髮裡的黑色素盡數用來稀釋了海的湛藍
只是：血依然是沸的，龍還在騰飛

如今他們散坐在榕樹老爺爺的長髯裡
他們的朋友們散坐在他們的影子下
那也是一群有血性的男人，一夥好漢
一幫呼嘯而來呼嘯而去的傢伙──海盜
他們和他們曾經幹仗打得不可開交
彼此點燃船帆如同聖誕之夜的大蠟燭

如今他們統統告別了大海像爬上陸地的海龜
回到群山環抱海如夢一樣遙遠的小城

無數帶著鹹味和腥味的男人突然擠滿了街巷
光著上身配刀子的一定是水手因為背上刺龍
穿著長衫打雨傘的一定是海盜因為臂上盤蛇
纜繩把他們拴在一起鐵錨把他們沉在一起
時間漸漸冷卻的時候茶反而越泡越濃
他們忽然又一起沉默。沉入歲月的海溝
海盜巷早已沒有了居民，蛇並非龍的變種

在這海如夢一樣遙遠的小城
在這除了山還是山出了山還是山的小城
誰相信水手和海盜各占居民人數的一半呢
刺龍的和刺蛇的由死對頭變成好伙伴
在夕陽西下地球漸冷的時候
一起靜靜地把燃燒的目光投向彼岸

彼岸：有呼喚有情切切意綿綿的呼喚

1985.5.19，北京

魔笛
——小城之五

> 當整個人類都成為神時，上帝將吊銷最後一個魔鬼的
> 戶口。從這個意義上說，我們熱愛神，因為他是理想
> 境界的人類，是我們自己在神話中的回音和倒影。
>
> ——題記

這是由魔鬼的股骨磨琢而成的聖器
用來開啟天堂的大門

在這純華夏血統的小城
清真寺和教堂和廟宇
彷彿遠溯魏蜀吳就開始鼎足而立
市民們祖輩之祖輩、父輩之父輩
把生存空間虔敬地
捐給了真主、菩薩和上帝
而女人們終於裹足不前了路越走越擠

飄洋過海的人們捧著紅珊瑚回來
埋在黑黑的肥得流油的泥土下面
躺在黑漆鏤花敷著金粉的棺材裡
誰能相信這是父親們或者兒子們的遺體！
他們回來後變得沉默而古怪
譬如用西班牙吉他演奏夏威夷
其實夏威夷的摩登女郎，偏偏喜歡
西班牙的鬥牛士、中國的瓷器
以及這座小城某扇窗子裡伸出的
魔笛

循著笛音的引誘
穿越世紀接世紀重重落鎖的門扉
在1985號門前駐足了，怦然心跳
我的戀人在那裡吹一種管狀的樂器
喊一聲「芝麻開門」我該不該吻她呢
吻她的嘴唇會洩露人生的秘密
吻她的笛孔會洩露人類的秘密
而且，我不知道她吹的是不是
魔笛

在這血管中灌滿了宗教色彩的小城
我是無神論者，黃帝的
忘了序列編號的嫡傳後裔
我信仰仙樂。當神的嘴唇吹響魔笛
我將成為眼鏡蛇，翩翩起舞
如同遠古的勇士昂起頭顱
更新人類的存在價值和美學意義

我也將纏折魔鬼的股骨磨琢聖器
當我本為開啟天堂卻闖入地獄之底

1985.5.23，北京

酒神
──小城之六

一隻反射著遠古色調的巨型陶鼎
在六七隻或八九隻石塊般的拳頭下破碎了
烈性的冽香的誘惑物汨汨注入體內
血燃起來的此刻某種器官當然不安分守己
沒曬過太陽的女老闆又在故意地搖著扇子
把女人的氣息撩過來驅走酒氣的芳醇
我們渴於酒我們渴於女人但我們並非酒色之徒

這群將酒葫蘆植進體內的漢子
這群毛孔和淚腺只往外滲酒，而從不端起
　　細瓷茶壺往發達的男性荷爾蒙裡
　　摻水以澆熄情慾之火的男人
又開始貪婪地親吻魔力無邊的生命之液了
是誰拔出插在桌上的牛耳尖刀提議歃血為盟
　　為另一個男人而誓
在血的濃度和熱度面前哪個願意裝熊包[1]和孬種呢

從屠宰場回來的路上我們一直渴望著溫柔
溫柔的色彩是什麼呢形式和內容又是什麼呢
和我們擦肩而過的女人距我們永遠有萬里之遙
母親未孕而死，酗酒的父親用巴掌揍大了我們

我們浪笑著闊笑著開懷大笑
憑著閃耀寒光的牛耳尖刀發誓我們不會淫笑
我們是屠夫，痛飲快感時索性殺死自己
放掉憋得發酵的血然後從希望裡復活
我們──我們永遠拒絕命運拋給我們的屈辱
就像我們從來不曾把自己的骨頭扔上秤盤一樣

今天是世界的忌日和祭日
整座小城都應前來這家酒店致祭
整個食肉類的人類
都應該為一把不再飲血的牛耳尖刀默哀
每條緯線都應該晾上被酒淋濕的訃告
──我們的一個殺豬的兄弟死了
一個把整整一生醃在酒罈子裡的傢伙
目光凍結在女老闆發燙灼人的胸前
帶著渺小的不敢告人的遺憾和巨大的悲哀死了！
這個一輩子沒有和女人睡過覺的男人

不曾留下兒子、遺囑或財產

喚著一些酒的名字和一個酒店女人的名字

漸漸冷了、硬了、合上了眼睛……

1985.5.29，山東兗州

1　「熊包」就是「無用的窩囊廢」。

綠色客車迎面而來
——小城之七

坐悶罐車是不辨晝夜不分春秋的
人生之旅

我所有的渴望都是視網膜
對於光線和色彩的渴望
在靠著另一組鐵軌的那側
用牙齒嚙啃車廂
為被囚的視線洞開瞳仁般的小孔
我驀然發現始點站和陰天早已退去
走向遠方差不多成了星星們
每夜的話題，與全部的嚮往

綠色客車在音樂聲中首尾相銜地駛來
和冗長的悶罐車互致交臂而過的問候

綠色和客車都是值得嫉妒與羨慕的
眼睛擁有那麼多扇無遮攔的天空

各式的臉蛋臉龐和臉孔
招貼畫一樣貼滿窗玻璃
客車上所有的被載者當然都是客人
是去比遙遠更遙遠的城市作客嗎

放牛的野孩子對悶罐車拋擲石塊
用頑童的方式表達搭車的願望
我想告訴他這是一段叛逆的旅程
讓他相信綠色客車和悶罐車
都無法離開相距很近卻永不相交的
兩組鐵軌

在綠色客車迎面而來的
那些不知是旅遊還是流落的日子裡
我總是淡然抖落身上的煤屑
和悶罐車加給心靈的鐵的感覺
即使我是本次列車唯一的乘客
我也不屑於跟旅途的孤寂談判
除非悶罐車再不能重新啟動
我就是悶罐車的馭者，而非囚徒

當我踏上小城空蕩蕩的站臺
軌道鋪在額上的女售票員跑過來迎接
她說她是小城最後的居民了
所有到遠方去的車票早被搶購一空
站牌望著我手中的通訊錄開始怔怔地發呆
上面的電話號碼和門牌地址
頃刻間統統作廢

退潮之後，小城離海更其遙遠

1985.6.6，北京

流放者
——小城之八

讓烙在額角的金印折射鏽蝕的陽光吧
潮濕的歲月裡我們帶枷而行

我們是一群鐵匠、一群木匠
一群拒絕被鍛打被刨削的質地堅硬的漢子
在鑄造犁鏵的同時生產掘墓的鐵鍬
用打製婚床的邊角材料拼湊棺材
送給一個世界，和另一個世界

在皇帝的龍袍上畫滿烏龜
衝著妃子們濃妝豔抹的背影撒尿
把欽差大臣剃成禿驢
是祖宗們微不足道的傑作永不求赦的罪愆
一個民族的斷頭史
遺傳著叛亂繁衍著謀反
頭顱的直徑很長很長
刑刀的腰身很短很短

木匠做枷，鐵匠結鐐

環環相扣解不開古老的箴言

一步一步告別歸宿走向沙漠越過終點

豎一排鐵柵圈圍其中築一座城堡囚禁其間

不幸和災難環立四壁成陰森的獄牆

囚徒！歷史的囚徒！

命運的供桌上我們不屑於奉獻鮮花

帶血的頭顱，是重如隕星的祭品

當金印在臉上旋轉成太陽車的輪輻

我們遼闊的額角遂佈滿遷徙的轍跡

一個民族站在等高線上眺望世界

默數自己的流放者沙漠行舟

軛下拉縴

雁陣從青苔枯死的天空掠過

影子在沙漠上排印人的宣言

1985.6.20，北京

長途電話

這座城市的愛神

遭到了外星人的綁架

和平寧謐的青年城

月亮煽起暴動

情人們攔截了所有的交通工具

攔截了Taxi、巴士、笨重如牛的卡車

攔截了摩托車、三輪車甚至警車

只有推嬰兒車的母親

在愛情的白色柵欄之內

微笑地看著這場週末的騷亂

等待丈夫舉著汽水瓶的手榴彈

跑來搶劫自己

情人們佔領了長途電話台

因為愛神被幽禁在廣寒宮裡

我知道，明月就在窗外，伸手可摘

而那一彎黃熟的月牙形香蕉
卻掛在愛的電磁波永難抵達的天涯
時間和距離在光年的米尺上合二為一
我在光年的這端，據守著一部總機
可仙女座並不受理長途電話
查號臺查不出嫦娥的電話號碼

當虛驚成為輕鬆的話題
情人們從長途電話台潮水般撤退
把我這個流浪者孤獨地撇下
我想再打一次電話給萬里之外的女友
向這位問事處的少女打聽我此刻的位置
以及搭乘哪路雨中電車
悵然回到旅客之家

恢復了和平與寧謐的青年城
月亮照著咫尺，也明亮了天涯

1985.7.24於荊門

少女雕塑

你毫無顧忌地站在街心公園
索性脫掉了最後一件貼身的花襯衣
向這座城市漸漸繁密的燈火
吹響黃昏，一支清脆透亮的牧笛

在這座城市你沒有戶口
只將一隻腳跨進戀愛的年紀
城裡所有的窗戶都為你而開
可是心裡疼你愛你的鄉下老爸
嘴裡罵你不穿衣服丟人現眼
幾次來看望你
卻不敢走近你

三年前的冬天我就在這裡等待夏夜
將綠色長椅空出一個位置
如今我坐在我空出的位置上
我的座位成為一對戀人的領地

我在等你！等你從大理石基座上走下
我是杏花村的牧童，騎牪牛而來
躲著交通警威嚴的手臂而來
記否知否？你吹的，正是我兒時的牧笛

我在長椅下種一掛葡萄
心牽出藤蔓攀越柵欄般的長椅
當我告別這座城市
你漢白玉裸著的身體
所有我不敢正視的部位
將遮覆古典美的葉子
結出一串一串鮮美的紫葡萄

1985.7.2，於北京

第二編

四川之詩
（1985-1998）

世紀之初
——北京菜市口感懷

記不清究竟是什麼時候

北京有了這個

顧名思義賣菜的地方

有時也兼售

人血饅頭

華小栓得了癆病

華老栓把開茶館的積攢塞給了

正在肚皮上擦鬼頭刀的兇漢

目睹這一幕的魯迅先生

將賣者與買者痛罵了一頓

（先生是學醫的，這一點至關重要）

罵著罵著自己就咳嗽起來

後來華小栓死了

死於吐痰

魯迅先生也死了

死於吐血

那時故宮不賣門票

即使賣也沒人敢買

護城河裡當然見不著

溜冰的男女，男男女女

紫禁城厚牆的裂縫裡

宮女們的青春被鼠類分噬

太監的清朝患有陽痿絕症

連煙槍都舉不起來

卻在軍機閣裡

裝模作樣地禦什麼外辱！

整整一個世紀

從未莊挑菜而來的人們

仍在爭論著

那場鉸辮子的風波

早已平息了，或者

遠未平息……

1985.12.7，成都

百年茶客

你面壁靜坐百年
看茶具轉瞬間換了十套
只有那把紫砂茶壺還依然硬朗
用你的姿勢坐在爐端

宣統那年你就靜坐於此
無言參禪你的茶經
你痛感這家百年老店的金字招牌
比大清的龍旗更不易腐爛
然而你說不出話來
生下來你就是啞巴

你在等一壺茶
一百年也不曾沏開過的
一壺溫茶
你坐在角落裡
本世紀你不曾挪動過板凳

飲茶之後你去小便
小便之後回來飲茶
聽堂倌失手又打碎了杯子
那麼多穿制服的人蜂湧而來
你木然低頭呷一口溫茶
發現茶葉在昨天就已被泡過三次

你雙手比劃著抗議
店老闆跑過來忙陪不是
順手斟給你一杯熱茶
棕黑色液體驚得你說不出話來
這滋味既澀且苦

百年茶客就這樣死於一杯咖啡
安息的棺槨恰是那把紫砂茶壺

1986.12.8，成都

屈原

你在上游，在詩的源頭
行吟澤畔顏色憔悴形容枯槁
當漁父在船板上敲不響楚國的心事
你開始往河裡扔光潔的小石子
想使渾濁的河流變得清澈一些
拋擲五月特有的艾蒿
讓微澀的清香和晨嵐一起彌漫江面
帶著體溫的雄黃酒
　　　　和高粱葉包裹的粽子流向江中
使汨羅這條饑渴欲斃的南方幼龍
　　　　充滿雄性、酒與生長喚起的力量
最後，你捋下一大把葦葉投入江中
摘下雲冠，笑看滿江龍舟競渡

龍舟龍舟載龍之舟
龍骨就是龍的骨頭

我在中游，在離騷的流域
聽鼓鈸之聲起自臂上的江河
看艾蒿漂來，高粱葉漂來
如葦小舟從端午節的永恆裡駛來
一葉一葉一頁一頁盡是浸不爛的楚辭
我故國輝煌燦爛的詩篇啊！

對於體內漩流著的不凍不竭的江水
我恆有一種神聖的崇拜
源於世紀之初的中國這血管，沸騰如煮
血脈的河床下潛泳著淹不死的太陽

1985.9.27，成都

廢墟上的玉米

海濱廢墟上的玉米
把長長的根鬚扎進瓦礫
有時碰到一柄鏽蝕的青銅劍
幾根與歷史有關的觸鬚
便被暗殺，在地下，在地層深處

但玉米稈仍然壯碩如農婦
懷抱嬰兒，站在月圓之夜哺乳
在千年前的玉米地上
城垣尚未築起便已傾頹
看來，這土地只宜於種植
永恆的玉米，而非刀戟

廢墟上的玉米
不同於荒原或良田上的玉米
你會看到頭盔上的紅櫻、旗上的流蘇
看到闊大的玉米葉，被月光磨亮

摘下任何一片，都可以彈鋏而歌
牧神應聲從地底冒出，如同隱者
他的裝束，就是一位玉米武士

此刻最好進入某穗玉米的睡眠
你將聽到自己骨骼拔節的聲音

穿過玉米地，你對世界已心平氣和
你已從密密麻麻的玉米地裡
看到了肉體的稈狀植物
看到了骨髓裡的鐵質
相信沒有一柄利劍
可以收割玉米

1987.9.5，山海關船廠海濱
是夜皓月當空，玉米地寂靜如夢

奕者

一枚棋子捏在手裡

這是命定的一擲　無可違拗

你望望那人　那人望望你

彼此坐在對方的面前

想自己的下一步　漸近結局

世界在棋盤之中

山在世界之外

你們坐在山中　渾然忘我

忘記人類的一切語言

鳥在頭髮裡孵第三窩兒女

鳥巢與頭顱　懸浮於天地之間

鳥聲一如人聲　這唯一的天籟

惟聾者能聽　盲者能視

啞者能道出奧秘

誰也不知　幾顆零散的星子布成殘局

等待哪一根無形巨指

擲下藍色的命運之骰

一局未終　鳥巢轟然墜地

生命已啄破蛋殼　翅膀已擦淨天空

空空的鳥巢與空空的蛋殼

成為靈魂的容器　模擬軀體

兩位奕者拄杖而去　拎飄飄長髯而去

牧童撿拾一枚棋子　在草叢深處

向棋盤訴說被遺忘的痛苦

木凳變成了石凳　牧童用手觸摸

石頭紋理中

隱約跳動著奕者的脈搏

而時間　已在千年之後

1987.6.15，成都

水之湄

水從高山上流下來
就成為一首名曲
坐在水邊操琴的伯牙先生
將琴弦浸在水裡輕輕撥動
樂聲潺潺，水聲琮琮
誰的墳頭誰的碎琴
水痕猶濕

這水聲我在母體中就已聽過
在一顆新鮮卵子裡就已浸潤
從卵巢到子宮，這短短的河道
有多少生命觸礁擱淺
經期過後，雨過天晴
到河裡裸浴的母親
戲水而孕，使我一生
註定缺水，渴於音樂和知音

這是浣花的水，擣衣的水
戴玉鐲的玉手掬飲而懷春
昭君的長髮順流而下
胭脂使水透明
香溪香溪，你古典的液體裡
美人如魚

我獨自坐在水邊
被水聲濺濕的詩經
在青石上晾曬
這是一條河的源頭
最初的音樂從這裡淌下
千年的水聲已無人能解

在水之媚，伊人永不憔悴
我獨坐源頭，一無所有
琴為子期而碎，魚鉤被魚釣走
青山依舊，綠水依舊
純淨的水聲無法模仿
我不想涉水而去

一小片青青的樹葉

將我的靈魂渡達彼岸

1988.6.10，四川大邑原始林

栽培葡萄

熟透的那粒葡萄
被風吹落
使秋天經過的地方
染上淡淡的甜味
葡萄會在草叢中閃爍
像紫紅的瑪瑙或寶石

欲熟未熟的那粒
用來釀酒
只有手植的葡萄
才能釀出真正的葡萄酒
即使窖藏百年
也有濃濃的醇香醉人

最小最青的葡萄
最酸最澀
太陽曬著那顆

剛剛發育的乳房

隔壁的小女孩守望葡萄

你守望她的心，越長越高

每一粒葡萄都至少面臨

三種方式

但你一生不能同時栽培

三粒葡萄

一粒釀酒，一粒贈美人

一粒懸掛枝頭，被風無謂地吹落

　　　　　　　　　　　　　1989.8，成都

寫大字的人

日出而作
你練五禽戲，代替早操
沐浴晨光和鳥聲
鮮嫩的木蘭葉、一大瓢露水
使你胃口大開

日出之後你懸腕凝神
用狼毫把方塊字寫在紙上
如今狼已經越來越少
荒野裡盡是人在嗥叫

你把漢字拆開
部首和偏旁堆在紙上
漢字的骨頭擲地有聲
寫字的人，你測不出命運

把字寫在紙上的人
也曾把血寫在石頭
和發燒的冷兵器上
一管細細的狼毫
掃平八千里狼煙

每一個漢字都是一所房子
你住在裡面，閉門謝客
靠舔宣紙上的墨痕為生
你這餐風飲露之人
背著沉重的漢字流亡了一生

你把漢字寫在宣紙上，然後死去
讓我們臨摹、出賣或者典當
在乾涸的血管內
古老的墨汁漸漸流光

1988.7.14，成都

雨

一生也難得淋上一場
真正的透雨
從天空降臨的雨
在植物的葉片上洗出綠汁
坐看雲起時
濕漉漉的鳥翅充滿雨意

落在地上的鳥，會有一雙小手撿起
握在掌中，像一顆小小的心臟跳動
永遠都會有一些鳥兒
懸在空中也懸在雨中
面對透明的子彈一動不動
沒有一隻鳥能穿透雨天
細細的簾子，細細的簾子密密如織

雨後初晴，天空的藍色重現
如同進口的Kodak彩色膠捲

潤物無聲的細雨

潛入水泥和鋼鐵之中

跟農曆的二十四節氣無關

跟土地、莊稼和一件蓑衣無關

雨水降下的是水

穀雨降下的是穀

如果一生能趕上一場

真實的透雨

應該光著腦袋到街上走走

光著腳板到田野走走

你肯定不會想到

伸出舌頭嚐嚐雨點

把一只盛水的瓦罐和一把茶壺

遺忘在綿綿的雨季

1988.8.8，成都微雨

魚

魚游於江河
佔據著水的位置
漁船吃水漸深
仍有一些魚貼著船底

入於鮑魚之肆
一塊鹹魚不會說出
和一條鮮魚的關係
即使面對菜譜
魚也絕不會夢見陸地

一條魚離開水
魚的位置會被水佔據
水位下跌導致漁船擱淺
一條魚投進水桶
又會造成水的漫溢

魚常常使一些智者

一生都拿不定主意

莊子在車轍裡看到兩尾

相濡以沫的魚

不知該放歸江河

還是投進鍋裡

孟子只有在熊掌面前

才肯將一條魚捨棄

1989.11.29

牙科醫生

牙科醫生用滿嘴假牙向我假笑著
引誘我笑起來，露出真實的牙齒

這時候正好是黃昏，冰棍和夕陽一同冷卻
小巷的酒旗為我招魂。一頭壯碩的公牛
把遺體捐在巨型砧板上，毛肚留給火鍋
人類正以牙還牙時我卻患了齲病
牙科醫生趁機用假牙向我假笑了一下
這一切都像預先設置的圈套，無計可逃

我走進診所
牙科醫生開動鑽機
在鑽好的孔裡敷設炸藥
我的口腔岩石崩裂

再次路過小巷酒館時我已一無所有
失去了語言、詩歌和愛情

我的嘴唇後面空空如也
牙齒鋒利的人們已將座位占滿
世界餐廳裡傳來一片咀嚼之聲

躺在巨型砧板上，使小飯館的紅案充實
我沉沉睡去
夢見明天
一個長牙齒的日子

1988.3.18

釘書機

某種對應關係
存在於釘書機
和機槍之間
譬如，一盒訂書針
就酷似一箱子彈

把訂書針壓進彈簧槽
和把子彈壓進彈倉
動作相同，而且簡單
而當子彈射盡
訂書針全部用完
機槍和釘書機
重新成為純粹的金屬

釘書機
在第一頁和第二頁之間
建立起秩序

而機槍的目標
顯然與書本和紙張無關

機槍在軍械庫裡
釘書機在文具店中

1989.9，劫後所悟

拼讀火柴

除非在油庫，或彈藥庫
火柴永遠也不會被禁止
就像漢語，這唯一官方的語言
姓愛新覺羅的人早已談吐不凡

一盒火柴能夠拼出
最複雜最古老的漢字
拼出宮殿、民居、森林和船帆
而火柴一旦擦燃
這些財產頃刻之間
便化為烏有，煙消雲散

緘默的時候，無話可說的年代
最好手裡握一盒火柴
反覆搖響那些
一擦即燃的字
不是橫就是豎

漢字和漢族都遠不會這樣簡單
為了拼出某些偏旁部首
有時要將幾根火柴折斷

在紙糊的屋子裡
火柴魔力無邊
拼出的文字和圖案
可以燒掉，也可以盡數收回
火柴的數量一根不減

1989.8

遺囑

有人寫過一本書
向人類呼籲
讓美麗的女人
遠離戰爭

他殘忍地忽略了孩子
那些從女人子宮中
孕育出來的花朵
還有一些大人
把紅纓槍交給他們

孩子，你是我血中之血
心中之心
如果大敵當前，戰爭降臨
即使只為了你一個人
我也會捨生忘死，衝鋒陷陣

但我的戰場在哪裡？

我，一個外科醫生

拿手術刀的手一旦握著刺刀

會軟弱無力，還是握得更緊？

當我穿著不合身的列兵制服

作為一位全國知名的詩人

向那些軍銜最低的軍官致敬

兒子，你要牢記這人類的窘境

而你，必須回到你父親的出生地

在寂靜的鄉間學會耕耘

繳納平時和戰時的所有賦稅

剩下的穀物，養活你的老婆和孩子

1989.10.1

一位來訪的女人沒留下姓名

一位來訪的女人
留下了煙蒂，沒留下姓名

那天我不在家
新婚的妻子接待了客人
穿著拖鞋和睡衣
客人姓甚名誰她沒有詢問
她倆談些什麼我不便打聽
反正那是蜜月的最後一天
過完蜜月就過日子

一個身分不詳的女人
一個來意不明的女人
留下了煙蒂，和口紅的唇印
給這樁懸案留下唯一的線索

煙草的氣息彌漫全球

茫茫人海我無跡可尋

總有一天我會變得抽象

骨頭與肉與性別三者分離

來訪的匿名女人和妻子也在劫難逃

我會想念蜜月結束那天

那個也許並不存在的神秘女人

從煙蒂上的口紅

想像她有美麗的嘴唇

那天中午我一進門就瞥見了煙蒂

以及拖鞋和睡衣

誤以為曾有男人來過

1988.3.20

在地鐵車站邂逅自己的妻子

邂逅自己的妻子，在地鐵車站
類似於遇見
一位搬走多年的鄰居
或者，離婚已久的
某位朋友的前妻

各自的朋友已被分別送走
城市因而空落
婚姻使夏天和冷飲店顯得多餘
在初戀時臨窗的座位上
兩個熟人偶然坐在一起

1989.12.18

詩人

看我一眼，就知道是外地人
確切點說，是一位詩人
一大早就坐在街心花壇上
打量著走過身邊的各色人等
鞋匠、年邁者、警察和小販
對女性和孩童格外傾心

看一些少女們走遠
另一些少女們走近
但願我能夠挽起她們的手
成為她們的兒子，或者情人
幾個男孩，眾多的小姑娘
看上去更像我親生的孩子
也許我生來就是他們的父親

走過我面前的每一個人
都從來不曾再次走過

但已經使我牢記一生
從我身邊走過，對我視而不見的
似乎身份顯赫，內心卻更為卑微
對自由和愛情早已背叛
要不然就是失去了信心

那些一生都在流汗的人
把馬路挖開，又重新填上
我真正嫉妒的只有他們
——一口氣幹掉四個饅頭
無論如何，你一眼就能看出
我身體虛弱，是個窮人
在這樣的早晨想讓汗水暢流
我力氣很小，剛好舉得起一把鑯頭

坐在街心花壇上觀看街景
記住附近的建築物、單位和地名
等待有人來向我問路
對中國人我說向前走吧
對外國人則說Go Ahead
沒有誰知道我是真正迷途的人

當大街上行人散盡，夜幕降臨
我被重新安排在朋友的客廳
對主人的居室再次讚歎
感謝女主人的美麗，但不過分熱情

1990.3.28，重慶街頭花園

家中的水果

水果總是用來裝飾客廳
與茶具互相映襯
盛在杯中的水
同樣被掛在樹上

在客廳裡可以望見
窗外的果園
終南山的雪終年不化
那是水的另一種形態
一種梨的名字，果中珍品

收穫季節來臨
那些跟土地無關
卻有飯吃的閒人
在盡情歌唱別人的水稻
只有我獨自守望著
親手種下的果園

看一枚水果的成熟
如何忍受秋天的殘酷

在客人散盡的客廳
妻子端出水果
用雪水烹泡的香茶
使我像一個遠道而來的貴賓
在主人的家中剛剛坐定
那盤中的水果鮮豔無比
卻終不免被我吃掉
或者，默默地腐爛

1990.5月，作於詩人尚仲敏斗室中

臨街的窗戶

所謂臨街之窗
也不外乎這樣
一些年代久遠的紅囍字，早已褪色
另一些顯然剛剛貼上，旋即被風揭走

窗門緊閉的年代，肯定是冬天
無事可幹，亦無心事可想
而當窗戶敞開，高音喇叭又被誰準時修好
吹進來的風，大概就是
所謂拂面不寒的春風吧

隔著一條窄街，每扇臨街之窗
都能找到自己的對應物
在同樣缺乏時代特徵的大樓裡
我們幾乎同時晾出尿布、與女人的乳罩
表明我們同屬城市平民

夜生活的內容彼此雷同

為夫為妻的生育能力，不相上下

遇到這段街區有大事發生

比如消防車救護車行刑的警車

以各種特殊身份因公光臨敝街

或者，某某的直系親屬娶親的

皇冠車隊以皇家氣派緩緩駛過

我們就把臨街之窗統統打開

探頭作鳥瞰狀，看芸芸眾生如螻如蟻

這時的心情最宜於互道早安

一抬頭便發現對方的眼睛長在牆上

一些窗臺上，有房客長年傾倒茶根

青苔便攀援而上，成為冷冷的淚痕

和街上一位孕婦不慎跌倒的間接原因

另一些窗臺上供奉著花盆，等待被風吹落

等待來查戶口的某位警察，昂著腦袋走過

1987.9.3，山海關

飛碟降臨

我把手貼在你的手上
這種久已湮沒的催眠術
只有我一人能解。我是死神的侍者
我的手狀如龜板，皸裂且硬
幾千年前曾被占卜師奉若神明
因為他摘下的第一枚野果
在今天，在幾十萬年之後
依然垂懸樹上，宛如太陽

但我無法觸摸你的手
你的手穿越虛無，伸向無限與永恆
我在那些看不見的掌紋裡
聽見了潮汐的怒吼和瀑布的喧響
我將你的掌紋縮印在我的掌中
面對命運，我必須這樣也只能這樣

失眠者從別人的夢裡醒來
催眠者已沉入自己的夢鄉

但此刻我醒著，正閱讀自己的掌紋
我，一個殯葬工，一個不免一死的人
攤開手掌就想起了終點站的朋友
爐火正旺，映紅了我的左臉
這時，我看見了那神秘的幽藍臉龐
正透過火葬場晝夜歎息的煙囪
和隔壁婦產醫院徹夜不眠的嬰啼
窺視人間，刺探生命與死亡
這宇宙的隱身人，超然於哲學和宗教之外
目睹了我的左臉，被爐火映得通紅
而右臉，依然塗滿夜色，墨汁流淌

坐在宇宙旅遊公司的早班飛船上
未來世紀的公民們打開昨天郵來的晚報
讀一個殯葬工的深夜奇遇，放眼太空
許多片幽藍樹葉飄落於一隻無形大掌

1987.7.8

病鳥

沉默的鳥群
從無言的天空飛過
翅膀扇動的姿勢
全世界都一樣
幾萬年都一樣

所不同的是
仰望鳥群的眼睛
像一根槍管、一片池塘
或一口不測的枯井

看一群鳥飛過
不同於看一朵雲
所謂雲，不過就是
白雲和烏雲，飄浮
在白鷺和烏鴉之外
鳥的家族由盛而衰

飛行，或者抗議飛行

都只能構成──禽的一生

天空黏住了靈魂的悲鳴

坐在舊式的青瓦屋簷下

守著一方小小的天井

看天，看井

看井中的天和天上的井

許多鳥深陷其中

翅膀在空氣裡腐爛

一顆高飛的心

羽毛漸漸落盡

1988.7.14，成都

布履平生

腳著謝公屐
身登青雲梯
　　　——李白

青雲梯只通雲海
宦海的浮沉盡收眼底
浮也是沉，沉也是浮
你這四川的才子少年氣盛

你一生要走很遠的路
登很高的山
看許多許多怪異的風景
一雙合腳的布鞋至關重要
江油的妹子有黑油油的長辮
眉山的妹子有細細的蛾眉
她們手納的布鞋，一塵不染

穿上布鞋你身輕如燕

索性到宮娥滿地的禁城走走

你這三流的劍客，醉臥長安

天子不來呼你

穿皮鞋的員警把你踢醒

謫仙啊謫仙不要拔劍

西安啊西安不是長安

你幽居在都市裡

借塵土和市聲隱姓埋名

大街上腳步聲

一陣緊似一陣

隱隱夾雜著朝靴的聲音

你纖塵不染的布鞋上

征塵已舊，又添了新的酒痕

你用瓢舀水，舀井水

用葫蘆盛酒，家釀的糯米酒

懸掛葫蘆的棚架上藤蔓青青

青青子衿，悠悠我心

1988.9.12，成都

瓦罐

馬可‧波羅在中國西部沙漠裡

遇到了一只瓦罐

十三世紀的威尼斯人

坐在水上，讀他的東方紀行

並不知道在陶罐之外

還有一個中國叫做瓦罐

內儲滄浪之水

清兮！濁兮！

鍾天地之精華，一罐清水

只能用一泓湖泊來形容

用一條大河來孕育

馬可‧波羅跪在灸熱的沙裡

感到這罐水深不可測

能夠載舟，也能覆舟

他搖動瓦罐，水聲轟響

乾涸的內陸河漂來西方的船槳

用泥土燒製瓦罐，泥土沒有年代
用瓦罐儲水，水沒有年代
西元1273年，馬可‧波羅跪在中國沙漠裡
看一罐泥漿在太陽下凝為甘露
罐底的沙金與罐外的金沙渾然一體

在粗糙古樸的瓦罐裡
水的細膩肌膚不勝觸摸
馬可‧波羅用瓦罐裡的聖水潤濕眼睛
驀然悟透了東方的一切
從泥土到水從骨頭到血
他埋好瓦罐迄今已七百多年
碎裂的是瓦罐，水的軀殼
滄浪之水，鐵蹄也不曾踏碎

　　　滄浪之水清又清啊
　　　正好洗你征夫的長纓
　　　滄浪之水濁又濁啊
　　　正好洗你浪子的臭腳
漢家的合唱隊一直在演唱民謠
忽必烈和馬可‧波羅沒有聽懂

中文系的我也沒有聽懂啊

滄浪之水！

1988.1.26，蓉城聽雨

藥罐

在日立彩電和東芝冰箱之間
藥罐，佔據小小的一隅

華佗站在〈壽星圖〉上，守著一盤壽桃
鶴髮童顏，面如重棗亦如壽桃
他拄的手杖，跟夸父的手杖堪稱兄弟
能結出桃子，也能敲碎藥罐

藥罐遠不是半坡村的陶罐
故宮博物院最有名的藏品
誰若拿起舀一罐江水
端起時，幾尾古樸的彩陶魚已游回黃河

二十世紀的某個年代
當南京屠城之後成為廢墟
一隻藥罐躺在屍堆裡，完好無損
被倖存者撿拾，成為傳家之寶

如今藥罐站在日本電器中間
嗅到了甘草的氣息、古典中國的氣息
豎起唯一的陶耳朵靜聽牆上的咳嗽
華佗老人家已高壽千年
三國時的藥方，自然治不癒當代感冒

這只倖存的藥罐是整個街區
唯一的藥罐，因此家家借用
這只藥罐曾被用來盛裝
被戮親人的鮮血，在南京城裡
並因之而獲得回春神力，成為聖物
甘草經它煎熬，頓時苦不堪言
站在日立彩電和東芝冰箱之間
這只藥罐，身份如同民國遺民
篤信從前的東洋鬼子
現在也偶爾嚐嚐中醫，收藏藥罐

蹲在煤氣灶頭，一只藥罐肚裡嘀咕
自己的傳統位置，應該在文火之上

1987.7.22

穀神

你坐在黍子中間
黍子是黃色的
跟黃土和金子一樣
你坐在穀子中間
穀子也是黃色的
遠古的黃河流域一片金黃
你也坐在麥子和豆子中間
想念南方的一種莊稼
叫做水稻

你背靠著五種糧食
完全忘記了食物
就像你坐在黃河邊
卻根本想不起水一樣
你這北方旱地的穀神統治著莊稼
遙遠的水稻牽動你的心

你隨手摘下幾粒
也不管是黍子或穀子、大麥或大豆
放進嘴裡細細咀嚼
感到土地的生命和神力
都藏在五穀之中

在黃河流過的黃土高原上
你黃熟的莊稼地一望無邊

你捋下一大把種子
把神聖的五穀噙在口中
你要到種植水稻的南方去
縫一個新口袋適應節令和物候

從此你可以在任何地方繁衍後代
古老的五穀握在子孫們掌中
一丁點土　就可以種出一大片莊稼
即使沒有土　他們也會把根鬚
扎進水裡　和岩石深處

1988.4.21，於成都

玻璃

陽光穿越玻璃，進入室內
在空氣裡，一塊玻璃了無塵跡
彷彿並不存在
或者，並不是玻璃

隔著玻璃，一隻蒼蠅
和另一隻蒼蠅無言相對
陽光射進室內
正好透亮纖小的翅膀

停在玻璃上的一隻蒼蠅
和另一隻蒼蠅
使我們看見了玻璃
它們各自飛走之後
玻璃也隨之消失

只剩下陽光，刺穿空氣
在肉眼不能覺察的地方
留下一點彎曲的痕跡

1989.3.16，《星星》詩刊都江堰詩會

鋼盔

少年時代我在踢鋼盔的聲音中長大
鋼盔在草地上滾動
碾過草叢細嫩的部分，留下一道壓痕
在太陽曬熱的鄉間土路上
鋼盔揚起一路灰塵
碰到路邊的青石
鋼盔會閃出火花
和子彈打在鋼盔上的火花一樣
整個下午，整個少年時代
我都在踢這頂鋼盔
直到厭倦，然後將鋼盔掛在
掛滿農具的土牆之上
在草帽和斗笠之間

第二次世界大戰硝煙散盡
爺爺解甲歸田
空著雙手回到鄉下，把這頂鋼盔

交給他的兒子當作玩具

這個老實憨厚，捏慣了鋤頭的莊稼漢

拿著槍是那樣的笨拙

沒能射殺一個敵人，但也不曾

像一捆柴禾，被敵人撂倒在地

提著一頂撿來的鋼盔

回到了老婆和孩子，麥子和稻穀中間

整個少年時代我都在踢動這頂鋼盔

金屬與石頭的尖銳撞擊

衝擊著我柔弱的心靈

我以為我會終生擁有這頂鋼盔

無論它滾出多遠，落入誰手

天黑時都將回到我家的土牆上

在斗笠和草帽之間找到位置

在中國鄉村

一頂昭和年代的舊鋼盔滾動

攪得雞犬不寧。我從未想過

鋼盔上的四個漢字代表一個人

卻不屬於趙錢孫李的百家姓

在爭奪襄河（地理書稱漢江）的戰役中

我的爺爺丟失了自己的鋼盔
上面銘刻著USA字樣
跟爺爺撿來的鋼盔完全不同

一個玩鋼盔長大的孩子
對未來能有什麼指望？連我也不知道
從什麼時候開始厭倦鋼盔
直到有一天，爺爺將他送進鐵匠鋪
打成一柄刃口鋒利的鋤頭
融合了歷史課與地理課的全部知識
我才知道這頂鋼盔來自一個
幾乎沒有鐵礦可以開採的島國
它用鋼鐵生產的炸彈和汽車
都堪稱世界上的第一流產品

1990.2.14

領爺爺去看墓地的早晨

領爺爺去看墓地的早晨
太陽空前燦爛
城市在遠方露出高聳的煙突
新鮮牛糞像剛剛出籠的饅頭
擴散著沁人心脾的氣息
酒和牛奶的混合體構成空氣
充滿你農民的肺葉
這是唯一免費的補品

這個早晨有鳥鳴春，蟄伏的蟲類
爬出泥土，換上了新的衣服
我牽著你的手，就像我小時候
你牽著我的手，蹣跚學步

你曾是一位地主的二少爺
一根拴牛繩使你成為軍人
你扛著那支老掉牙的漢陽造

由鄂而湘由滬而閩走遍了南中國
走到只有水沒有土的地方自然無路可走
你舉起了雙手掉轉了槍口
把從前的帽徽和夢想扔進了陰溝

現在一切都已截然不同
在你曾經擁有的三十畝地裡
風吹著這個新興國家的麥子，長勢喜人
在你當年不斷打敗仗的那些城市
你的子孫們將繁衍子孫，長勢喜人
這一切都像冥冥之中有祖宗保佑

你要記住這個陽光明媚的早晨
記住你新的家，永遠的憩園
你將長臥在你親手開墾的菜地中間
我們不能結廬相伴，只有這一小塊土地
供你安息，和留在土地上的親人們見面

你是來自土地又回到土地的最後一人
而我們已遷居屋頂，在水泥中間扎根
血水汗水和淚水裡許多人都泡過三次
托爾斯泰有一座寧靜的墓園

冉－保爾・薩特死無葬身之地
你永遠也不會明白這是因為什麼

在走向墓地的早晨讓我們談談苧麻
嚐嚐新釀的包穀酒裡，兌了陽光沒有

1988.4.1-7，作於成都

1989.5.15，爺爺程明道辭世

銀杏

西風漸緊，悲秋的季節來臨
一個重回故鄉的人
一個重建家園的人
手裡捏著銀杏的果核
遠離銀杏

背上馱著巨斧
盤古開天闢地的遺產
魯班留下的鋸子
使人的一生酷似樹木
你舉起白果
殘存的果核內隱隱傳來
坎坎伐檀的斧斤之聲

你凝視著手中的白果
與遠方的銀杏
感到背上的斧頭

無堅不摧
而手中的果核堅不可摧
痛苦與困惑根源於此
祖祖輩輩的伐木人
世世代代住在樹下
在一盤樹根中間
扎下人的根

你曾揣著果核走遍全球
最終還是選擇了銀杏
秋深的時候，西風漸緊
你坐在麥草蒲團上聽果核墜落
大的訇然如雷
小的落地無聲

在伐檀的國風裡遍植銀杏
你想用無堅不摧的斧頭
敲開這枚堅不可摧的銀杏
嚐嚐杏仁的滋味，微澀、微苦
像經歷冰川孕育後
一顆堅硬難融的心

1988.9.12，成都

採摘桑葉

挎上竹籃走向大街
就想採摘幾片綠意
春天如期降臨
蠶兒漸漸肥胖
採桑的女子來自陌上，來自露水
她背上的草屑令人神往

轉過小街已是初夏
榆錢的葉影濃密
使人想起饑饉和災荒
很少有人還記得
植物的恩情，並給予報答
另一條街上有槐花盛開
這白嫩的花，用米粉攪拌
蒸出的菜餡香飄十里
但城市的銀耳墜啊禁止攀摘

采采卷耳，不盈頃筐
古老的歌謠已無人再唱
採蓮南塘秋，蓮花過人頭
採蓮的姑娘被採購員摘走
來自陌上的桑女隱入城市
被桑椹染紫的嘴唇塗滿口紅
那古典的美麗曾驚呆少年
使鋤禾日當午的老農放下鋤頭

挎上竹籃穿過動物園
向物以類聚的植物園走去
你發現每一種植物都已截然不同
手掌，這人類的葉片也毫不例外

1989.8

一扇能望見稻田的窗戶

一扇能望見稻田的窗戶
使你絕望得如同一個莊稼漢
在水稻灌漿的日子裡
預感到一場冰雹降臨

你命裡註定要熱愛農事
喜歡農曆中的某幾個節氣
只有插秧的時候
少婦們才肯露出並不白皙的小腿
而成熟的稻子鋪上禾場之後
姑娘們也會趁機躺下來
稻草和稻穀的婚床溫柔無比

可惜這已是過去時代的事情
如今你只能靠在這城郊的窗口
對連綿不盡的稻田佇望一生
你這個從前和土地、現在和文字相依為命的人

聞到了五月新麥的香味之後
又看到窗外的稻田由青變黃

無論白天還是夜晚
你都沒有土地可以耕耘
守著一扇窗戶和一座城市
看農舍怎樣被推倒，農民們節節敗退
帶著女人、孩子，和沾滿泥巴的腳板
逃進城市，或者深山老林

在水稻收穫的季節
如果真的遇到了冰雹
住在樓房裡的市民們會覺得開心
你倚在窗前，看冰雹抽打莊稼
對那片稻田愛莫能助
那些廝守田園，過慣鄉村生活的人
使你充滿了敬意，又滿懷同情

1989.9，成都

看見水

看見水在夜裡流動
發出奔騰的聲音
當陽光照耀的時候
一切都恢復了平靜

在夜裡我們能夠看到更多的東西
許多河流更加真實
從體外流進體內
從體內流出體外

在夜裡我們可以共有一件
黑色的衣服
我們來自同一條河流
趁夜色我們才能回到河邊
重新成為兄弟姐妹

1989.3.13，都江堰

春天

春天裡少女們再次驚慌
她們發現樹葉
不僅僅只是長在樹上
泉水也不僅僅只在
岩石與岩石之間流淌

春天裡的古國再次交惡
吳王揮動金戈
越王舞劍
秋天來臨便結盟和好
王與王，以兄弟相稱

在春天裡死去的人被草葉覆蓋
他們在土地下面看見草根
我的祖父，我的祖母
清明節我發誓
要做孝順的中國人

在枕木的縫隙中
在廁所陰暗的牆邊
春天借一朵米黃的小花
綻露了容顏

1990.6.4

照片

此刻我已無法觸摸到肉體

那條河

連同唯一的夏天，所有的魚

一起流走。在河邊你將紡織品減少

趨於極限，彷彿五歲那年

我背過身去閉上眼睛

再度睜開時，面前站著

另一個少婦，由另一位少女變成

這張骨盆部位的照片

是你十八歲那年拍攝的

你仰臥在一位年輕的男性醫生面前

照相機巨大的鏡頭懸在腹部上方

像一隻不懷好意的獨眼

隨後 X 光室的門砰地關上了

你出來時紅著臉，我一言不發

在午夜的北京，等待沖洗

我們就這樣度過了一生中
最重要的時刻。肇事的司機
帶著歉意，抽完了最後一支煙
骨盆照片終於沖洗完畢
年輕的男性醫生在午夜時分揉著睡眼
指著骨盆對我說：沒有問題
隨手將照片交給我保存
那是一個嬰孩未來的搖籃

此刻我已無法
觸摸到肉體。那終將消殞的美麗
愛情和生命的全部奧秘
托在掌中，使我靈魂顫慄
二十三年，我從來不曾這樣恐懼

許多年後我守候在一家醫院裡
一個陌生的男嬰
穿過子宮和產房的雙重大門
闖進家裡，奴役我們
你也成了陌生人，消失在人群裡
我曾看見過的骨盆停止了孕育

1990.1.18，成都

被拔掉的牙齒

一個人的殘缺
就從這顆牙齒開始
它被清除了
像一個叛徒，被口腔出賣

當我講話時，聲音出現細微的變化
你聽不出來
這是一個已經缺了一顆牙齒的人
在和你說話
不是傾訴，也不是承諾

當那顆病牙被丟入手術盤中
我仔細端詳，大吃一驚
原來人的一部分已被蛀空
而我自己卻渾然不覺

從此，我再也不能將自己
完整地交還給你

我將那顆病牙種進地裡
它拒絕發芽，也變不成化石

1993，成都

驚雷

這樣黑的夜晚，恐懼在睡夢裡降臨
天啊，你為什麼要轟炸大地？
那些巨型的炮彈
在爆炸之前甚至來不及呼嘯一聲
那閃電炫目的鞭子
蛇一樣的形體卻有著黃金般的美麗

我又怎能逃避那從天空傾瀉而下的
憤怒的暴雨？
只一滴雨就解了我的乾渴
另一滴雨卻旋即將我淹斃

在這樣熱的夏夜，遇到這樣冷的雨
巨雷的轟炸使全世界的孩子哭泣
兒子，你鑽進我瘦弱的懷中
像一隻小雞瑟瑟發抖，受盡委屈

而我，雖然父親健在
又怎能逃離這正在炸裂的驚雷
閃電和密如槍彈的暴雨
鑽進父親的被窩
貼著他乾癟的肋骨
沉沉酣眠，或者，輕輕啜泣？

　　　　1990.3.13凌晨2時，蓉城雷電大作。披衣視兒，
　　見貝諾安臥，而不能眠，作。時已停止寫詩逾4月矣

聽少年合唱團用德語演唱
孟德爾松作品

春天的樹葉，嫩綠可愛
剛出生的鳥兒還不曾經歷冬天
他們羽毛漸豐
僅僅為了飛翔，而不是禦寒

在這樣的早晨我聽到了德語歌曲
還有日語歌曲：櫻花、北國之春
除了漢語，我只懂少量的英語
所有的語言都曾讓我深懷恐懼

春天的樹林，蛛網晶瑩
穿大皮靴
牽著狼狗的男人們列隊走遠
有一天他們也許會突然回來
闖進春天的樹林
列隊站在合唱團面前

聽孩子們用德語呼喚叔叔
或者失聲尖叫，四散逃開

1990.11.8初稿

1991.6.28二稿

送魂

相傳涼山彝人祖先徙自雲南昭通。彝人死後，
魂魄按一定路線送歸故土。涼山彝族奴隸社會
博物館有圖示。

歌終於唱完了，酒業已飲盡
懷孕的包穀且留待兒子掰摘
你的一生
在涼山裡挪動了幾塊石頭
開墾了一小片土地
繁衍了兩三輩彝人
完結在一堆不可抗拒的火的吞噬之中
誰把牛角號吹得嗚嗚地響啊

你要回去了，故鄉以泥土喚你
祖先的乳名傳到你耳中
差不多成了唯一的遺產
你不再能夠走著回去

騎著馬馱著媳婦回去
這種哲學的或者迷信的尋根
使靈魂投宿的驛站上
熬更的燈火幾世紀不熄啊

那時候涼山冷得恰如它的名字
彝人以足跡和世代相傳的火把
賦予冰川期的土地
以最初的體溫
但生命裡註定騷動著慾望
即使焚屍之火也終不能燒斷啊
不能葬在故鄉的彝人
靈魂必須向故鄉流浪

歌已經唱完了，酒業已飲盡
眼睛閉上就不再夢見猛虎與雄鷹
但你清晰地聽見
第一個彝人母親
分娩時浸血的哭泣
在大山那邊，在大河對岸
在雲南昭通，彝人招魂的地方

1986.11.12晚，於蓉

酒歌

彝家人沒有溫酒的銅壺
酒歌一唱起來
冷酒就變熱了

在高山之巔
在只生長包穀和洋芋的地方
在那些用草搭起來
簡陋到沒有一件傢俱的土屋裡
一群披獸皮或黑色察爾瓦的漢子
一遍又一遍地用這支歌灌我
他們的皮膚粗糙的黑色女人
露出雪白的牙齒對我譃笑不停
這種色彩之間、性別之間的巨大反差
使我思念起祖先的美學
我喝著喝著就把一碗蕎麥酒
全灌到自己從不落淚的眼睛裡了

我知道我還不曾理解酒的內涵
作為一種文化抑或一個民族的魂魄
但我深知
僅僅用包穀或蕎麥是釀不出酒歌的
這支曲子只有豪飲的壯士才配一飲而盡

酒熱了起來，血熱了起來
涼山的涼太陽在酒碗裡融為液體
我睜開睡眼發現自己
偃臥於一群黑色石頭中間
連酒也無法澆灌我遍體柔毛
成這座粗獷大山的野性植被啊！

1986.11，涼山

火神之舞

火一旦燃起來就永不會熄滅
即使灰燼早已被狂風吹散

痛飲之後你將別無選擇
遠古酋長的遺訓
以熊熊的火焰昭示眾生
既然一個民族選擇了火
作為世界的最後的解釋
那麼，添一塊木柴就是
對心和生命的一次加溫吧
於是你環篝火而舞
伸出你的一千隻手來與全人類相握
你不是千手觀音
彝家人從不信佛

一位身披虎皮的火神隱身於你們中間
他身上的金色花紋是虎部落的標誌
男人們握著他的右手
一張張射雕大弓被無情地拉斷
女人們握著他的左手
被賦予懷孕的魔力，乳汁從乳峰湧出
山泉從岩石裡湧出
包穀從土地裡湧出

你們雖看不見他，聽不見他
對他的觸覺卻容不得懷疑
他在你的身前、身後、左邊或右邊
以同樣的皮膚摩挲你的皮膚
他的靈魂和你的靈魂一起
以竹笛的形式吹響，以火的形式燃燒
他是你，與你合二為一
是你共同生兒育女的丈夫，要不然是父親或兄弟
是你同床共枕的妻子，或者情人
如果她不是母親、姐姐或妹妹

這時候你就最好伸出手去
選擇一雙纖纖素手緊緊握住
對於彝家人來說
握疼一雙小手與握緊一個誓言
從來就不算什麼魯莽的過錯啊！

1986.11，於涼山

魔城

一個兜售魔方的流浪人
跑遍了大世界所有的碼頭
挾著自己的骨灰盒來到這裡
一柄古裡古怪的黑傘
撐開這座小城的神秘
彝人們在他即將走過的街道兩側
擺起了大酒缸任其豪飲
而他傲慢地踅進一家客棧去了

小城因之而重新追憶
西元之前那場唯一的戰爭
那個傍晚也有怪客造訪這座城市
這座山踞於海上，海睡在山裡的
魔幻之城

西元前有客叩門、叩城門，在薄暮時分
以沙漠的寬厚微笑向太陽告別
那柄同樣古怪的黑傘
使鐵皮城門的銅環發出金屬的響聲
這是來自何處的啟迪與暗示呢
彝人的先祖們未能悟出深意
占卜的職業巫師已爛醉如泥

久叩不開。這門沉重得發不出
一聲歎息。怪客走後旋有猛虎來攻
一萬隻吊睛白額大蟲
吼得城牆上的磚石與箭鏃紛紛墜落
但戰爭平息後一萬具虎骨
卻被砌進了
萬年不摧的城牆之中

千年之後又有不速之客貿然來訪
一位兜售旋轉圖案的流浪人
挾著骨灰盒如挾一冊
關於死亡的通俗教材

而那柄西元之前撐開過的黑傘

一經收攏，這座魔城

看不見的神秘面紗或將蕩然無存

1986.11.16中午，於成都

黑色美學

那時候二十年一次的祭祀大典
是在土地上舉行的
生與死的界限被一只酒碗輕輕抹去
曾經共飲與共獵的人們
嘴唇又貼緊了生命之海的此岸

歲月是化成了煙飄散入雲呢
還是變成腐殖質被土地吸收
似乎早已不屬於美學的範疇
最早的氏族首領
和最早的一批包穀一起
被種進黑得流油的地層深處
包穀的紅纓在迎風擺動時
那位剽悍男子已披上土地的膚色

從此，所有神聖與莊嚴的行動

都不能離開土地的神諭

這生殖力旺盛的西南大陸

在春天的夜裡騷動著情慾

必須趕在黎明之前

把應該流出的血流盡的產婦

在夜的安慰下夢見了牛犢

而正在做妻子或情人的女人

那些赤裸之軀也已披上夜的膚色啊！

這時候我正好浪遊到此

我為這裡生命的黑色元素

而靈魂顫慄

而愈加懷念非洲大草原

懷念剛果河邊一座搖搖欲墜的草寮

我曾躲在那裡看一群土著女人裸浴

那些低垂的果汁飽滿的黑色乳房

確曾撩起我

美學與生理學雙重的渴念啊！

1986.11.17晨，於成都

野雞翎

像兩面小旗幟飄揚於頭頂
這土著的飾物讓世界失眠

頭顱仍然是
西元前的那一顆頭顱
大山的血統在石頭的紋脈裡
汩汩流動

你順著這條大街傲然而去
拐彎之後
便可觸摸新世紀的金質門牌

因為你的到來
這座城市今天過節
所有店鋪的門都爭相打開
所有的眼睛都無言相望
看你誤闖這個時代的紅燈

彷彿原始宗教儀式之後的
一次迷路

你走過時裝店
走過珠寶店和首飾店
走過造型各異的男女髮廊
廣告牌的五花八門使你驚恐
你落入大大小小的光圈裡面
成為被困之獸

對你的神秘造訪
市民們奔走相告
藝術家傾巢而出
瘋子們越獄而來
有人跑去告訴警察
說街上來了一位
頭上斜插兩羽野雞翎的怪客

　　　　　　　　　　1986.12.8，於成都

第七個夜晚

一日長於百年。狩獵期已過
綴滿銀飾的鮮豔衣裙
在酒和汗的混合氣息中
展開蝴蝶之翅

這是第七個夜晚，壁虎隔著玻璃
在時光之外，在世界的那端交媾
屬於生物的季節，與植物無緣
這樣的日子如何能夠忍住乾渴
呷一口河水都會撩起一場大火

你起床洗臉、漱口、沐浴
用聖水將所有的器官洗滌乾淨
然後焚香靜坐，看嫋嫋煙霧
如同靈魂飄回死去已久的軀殼
把窗戶打開，把大門打開
把門閂遠遠地扔到地平線之外

這世界只剩下兩雙凝視的眼睛

從對方的眸子裡看到自己

看到另一個我，非我之我

喧囂與騷動復又來臨

你恍若面臨深淵，本能地

感到被一支無形的獵槍瞄準

戰慄喘息之中，你聞到了

火藥的氣息、酒與汗的混合氣息

你遂將毛孔微微開啟，所有的器官

微微開啟，一匹雌鹿幻化成

施魅於人的林妖裸女

沉甸甸的青春之果垂懸在側

沉默即是渴望，使你立刻想起

最早的偷摘禁果者，與伊甸園

也許只隔一隻手臂的短短距離

一夜短於一瞬。這是安息之夜

上帝創造了男人和女人後遁入心中

而時光正在流徙，狩獵期已過

男人的獵槍仍掛在牆上的老地方

槍管已經鏽蝕，木質槍托
在第七個春夜抽出嫩嫩的新芽

1987.5.19，涼山

以睡眠為界

我久久地凝視著身邊
這個今夜做了我妻子的人
這個三年前的陌生人
三小時前躺在這張
朋友們湊錢捐贈的婚床上
酣眠至今

我無寐，香煙無寐
空酒瓶睜著睡眼仰望夜空
看腹中注滿銀色液體
我在睡眠之城的陰影裡荷戟彷徨
揑著一枚古陶片權當開門的鑰匙

這是我們的第一個共同的夜晚
今夜月無衣。透過這面古銅鏡
我能自由窺視神的裸體
我素不善飲，但從今夜開始

也必須用整整一生
攢下一大堆空酒瓶
使這片隱秘空間永遠彌漫
烈酒與男人的混合氣息

那些未來的日子與今夜無關
此刻你睡在一個醒著的男人身邊
如同暴風雨過去之後
柔順的鴿子棲息枝頭

我用手中揑著的古陶片
在結滿青苔的城牆上劃滿偈語
那扇神秘之門仍不曾為我開啟

在睡眠的界碑兩側
我們以一道古老的城牆為鄰
你夢見那個手持黑色陶片的叩門人
在夢中你也想放下城邊的吊橋
可是你無法醒來，直到東方既白

1987.3.12，三峽漢江輪上

獵鷹者

獵鷹者用鷹的眼睛
逼視著懸崖之上
這隻凶狠的黑翅天神
眾禽之王與部落之王
都暗自慶幸
對手，不是一位小孩或者一隻幼鷹

獵鷹者的鷹眼
是上一次決鬥的戰利品
而他付出的一條腿
使鷹王傲立於高山之頂

為了不讓天空
以湛藍誘惑求生的慾望
鷹王在岩石上
撞斷了自己遮天的黑翅

彝王狂飲後猛一揚手
把射過太陽的大弓擲進山谷

他與牠之間的英雄史詩
就這樣
開始於生命沉落之前
結束於死亡來臨之後
彝王用被擄去的那條腿
踢了踢身體漸冷的鷹王
鷹王用奪回的那只眼睛
逼視著血流如注的彝王

後來，彝王的子孫開始長鷹勾鼻子
開始用鷹的眼睛獵鷹
開始披一種黑色的大氅，如鷹的翅膀
而鷹王的遺族，雙腿粗壯的力
恰如彝人，如那徒手決鬥的酋長後裔

1986.11.6，於涼山

公路旁的彝家女

彝家女站在公路旁
公路纏繞在大涼山裡

彝家女抱著蘆花大公雞
四周寂靜無人
羊群漫上公路
白羊裡混雜著幾隻黑羊
綿羊裡騷動著幾頭山羊

十四歲的彝家女站在公路旁
公路的一端通到縣城
另一端是另一個省的某個小鎮
彝家女聽說，那兩端的新鮮事兒
就像身邊的野花，一天開出好幾朵
那裡的女孩子出落得水靈

一到十四歲就懂得女人的秘密
而她不知道。羊群和岩石
過於柔軟或過於堅硬，過於暖或過於冷
都不適宜對她
進行人生啟迪

但彝家女對公路仍有信心
通車那夜就夢見過汽車鳴笛
從此這段路纏得她心癢難耐
纏得她不停地向四周張望
她不記得那輛車是什麼樣子
但那車來了，就絕不會呼嘯而過
那人說過要買雄雞，要全涼山最雄壯的一隻
她記得那年輕男人的微笑
是彝家漢子所特有的那種

彝家女站在公路旁，站成十六歲
全涼山最雄壯的蘆花公雞在她懷裡
把雞殺了把血滴進酒碗
這是彝家人神聖的誓言至死不改

她將站到十八歲或者二十歲
而想不起一句討價還價的話來
直到冷不防有一雙強壯的手臂
把她舉起來放到自己肩頭

1986.11.10

流淚之後

流淚之後
繼之以歌，在原始森林裡
在大河咆哮嗚咽的峽谷之間
低迴婉轉，一支多麼憂傷的曲子啊

森林抗拒群峰的覆壓
以黑色化石的形式重新出現
河流乾涸後袒出一腔礫石
蒼涼的鷹翅懸在欲雨的天空
多變的風景裡恆有幾絲帶淚的顫音
這古老的曲子裡擰得出幾多辛酸喲

你的眼淚擴散著烈酒的氣息
在黝黑的臉上
翻譯出歌聲的悲愴

你鄰座的同胞告訴我
死亡是真實的，如同註定來臨的黑夜
而彝人的喪歌和眼淚從不滲水
那是怎樣一種烈度的真誠呢！

蜷縮在擁擠的、破敗不堪的舊汽車裡
你無淚地唱著，聲音漸漸嘶了
漸漸弱了，漸漸被風吹散了
眼睛裡的天色終於暗下來
季節的臉龐變得模糊不清
一個彝家漢子
在生平第一次流淚之後
最後一次狂嘯與大醉之後
夢見了死神

舊汽車在無名小站拋錨
引擎的心臟又經歷了一次死亡
你醒來發現被焚燒的
是夜而不是太陽

1986.11.12

開闊地

一隊士兵走過平原
平原是那樣的平坦
一塊石頭凸在遠處
也會被牧童們看見

何況是一個人
在平原的另一端自由走動
跟隊伍行進的方向
恰恰相反

所有的士兵和軍官都看見了
那個行人
每個人都下意識地
想舉起槍來，朝那人瞄準
平原是最大的開闊地、天然的戰場
一個渺小的身影
使一支隊伍深感不安

那個人，他不知道自己曾多麼危險
──遠遠地，和一支軍隊交臂而過

他默然地一笑，緊走兩步
朝更遠的士兵揮手告別
僅僅兩步，已使他跨出了射程之外
現在，那些槍已完全可以忽略不計
那支隊伍對他來說
不過是一隊牧童
走過平坦的土地

1993年，成都

春天是低賤的季節

春天，陽光燦爛的日子
我走在擁擠不堪的街道上
裝出一副大人物的樣子
一腳將街邊擦皮鞋的攤子踢翻
我的皮鞋已如此骯髒
她們竟然視而不見

擦皮鞋！擦皮鞋！
滿街都是貧窮而低賤的叫喊
我母親的小凳就擺在她們中間
此刻被我踢得遠遠

擦皮鞋！擦皮鞋！她們的手
在徒勞地揩拭城市的污濁
而我不過是這座城市中
一隻又髒又破的皮鞋

春天裡，我看見踏青的人，賞花的人
甚至還有葬花的少女
像那個患晚期肺結核的林姓的少女
我要夜訪瀟湘館，將面若夭桃的病西施擁入懷中
讓我們同病相憐，互相感染
只不過我患的是愛滋病
這絕妙的泊來品砸了華佗的飯碗

走在人擠人的大街上
下崗的紡織廠女工們正奔向南方
那裡的酒店和夜總會胃口強勁
我被她們擠倒在地，無法動彈
──姐妹們！今天不是3月8日
如果不讓我爬起來
我會像狗一樣將你們咬傷

紙
——獻給父親

父親，你耕田回來，襪子做成的口袋裝滿鱔魚
小腿上黑色的泥巴還未洗淨
就用粗短的手指打開箱子
取出農業中學的課本，教我們念俄語
——紙！紙！紙！
你站在天井裡，像一個小學教員
那種神情，我現在想起來就幸福得流淚

你屬於熱愛俄語和蘇聯歌曲的那一代人
但喀秋莎永遠不會嫁到中國鄉下
河邊的紅莓花兒開了又謝謝了又開
從中學畢業你和一個不識字的姑娘結婚
使我有了一個僅僅比我大十八歲的母親

我永遠也不會忘記那個雨天
你把大米和木柴挑到鎮上的中學
那樣重的麻袋，幾乎和你一樣高

你光著腳板走在泥濘的路上
臉上不知是汗水還是雨水
反正淚水模糊了我的眼睛
全校的學生都在望著你走來
校長也在走廊上看著你走近
班主任撐著雨傘跑過去迎接你
你又窮又醜陋，像賣燒餅的武大郎
卻是全校最優秀學生的父親
父親！父親！
你這個終生默默愛著我
卻從來不曾說出口的
男人

當我在大學裡，向一個學俄語的同學
打聽「紙」這個單詞的俄語發音
竟然和我父親教我的完全一樣
我突然為這個詞和這種物質感到震驚
我顯然屬於完全不同的另一代人
苦讀英語，在美國領事館門外徘徊
想方設法結識外國人
但我更熱愛漢語，在筆、墨與用途不大的

硯臺之外
知道最柔軟也最堅硬的就是PAPER——紙！

如今我成了詩人，知名度雖然有限
卻是村裡幾百年來最有學問的人
我將出版的詩集寄給你
那些印在紙上的分行文字你不懂也不喜歡
說留的空白太多，浪費了紙張可惜
你卻把詩集拿給並不識字的鄉鄰傳看
聽他們為書上的照片像我，或不像我
而互相熱烈地爭論
我在城裡，在文人們組成的圈子裡
和那些與你年齡相仿的男人互拍肩膀
稱兄道弟，在酒杯中間談論女人
想起母親只比我大十八歲，便如雷轟頂
膽顫心驚地回家，為老婆端來洗腳水
把兒子屁股上的泥痕用溫水洗淨

你仍然待在鄉下，連縣城都很少逛過
未曾謀面的孫子是你的掌上之珍
你經常捧著他的照片左右端詳
四顧無人你就狠狠地親上一口

有一次碰巧被母親看見，成為她的笑柄
你竟然羞得滿臉通紅，卻死不承認
連耕田的時候，都揣著這張照片
打算賣完了糧就來四川
等賣完糧時，火車票突然漲了一倍……

當弟弟寫信告訴我這些
爸爸！我二十八歲的眼淚砸在了紙上

第三編

美國之詩
（1998-2011）

廚房中的兩位廚師

廚房中的兩位廚師
刀子握在他們手中

一位廚師是左撇子
當然，刀子握在他的左手
另一名右手握刀
右，對他的右來說正確無比
他倆沿一塊長長的案板站著
切碎洋蔥
當左手落下時
右手正好揚起

洋蔥的氣味
刺激他們流淚
兩人都不是職業廚師
廚師如果有資格為公眾烹飪
就絕不會在私下為洋蔥哭泣

他們在為一群神秘的客人
準備晚餐
由於刀子握在手中
兩個人都互相恐懼

當他們放下刀子
晚餐已經結束
所以他們握手道別
一個廚師伸出右手
另一個廚師
以左手回應

1994.10.12，北加州

被剪掉的頭髮

在一條簡陋的小街
一間骯髒的理髮鋪裡
你面對一把鋒利的剃刀哭泣
當年你的父親
看見街頭的刺刀時
也曾這樣恐懼

你掙扎、扭動
試圖逃避某種宿命
我只好抱住你
讓你兩歲的腦袋
感受刀鋒的寒光

你又黃又軟的千萬根頭髮
掉落在我的身上
潛入衣服的纖維深處
成為我身體的一部分

幾年後我浪跡紐約
某一天驀然發現
一根又黃又軟的頭髮從襯衣裡掉出
兒子，竟還帶著你的乳香！
已經兩年沒有見過你
你的頭髮又被剷除過幾次？

當藏在我衣服中的
你的頭髮
終於掉落最後一根
那件襯衣已破舊不堪
你也長大成人
你的頭髮再也不會掉落在我的身上
你仍然會喊我爸爸
但我倆已形同路人

1996.5，紐約

夏天

一粒螢火蟲，來自故鄉
停留在你左邊的乳房上，將它照亮
使右邊的乳房
陷入更深的黑暗

我的右眼，看見了
乳房上的光明，來自一粒螢火
而我的左眼，看見黑暗
變得更加遙遠

現在，滿眼都是燈光
刺目、耀眼、不堪忍受的光明充滿世界
那一粒螢火蟲消失在紐約的呼吸之中

在別的螢火蟲中我能認出這粒
不管它飛得多遠、飛得多快
飛離這個夏天

1996.7，新澤西州

耶路撒冷

一個賣菜的小販
戴著草帽
或是包著頭巾
更可能，遮一頂黑色的小帽
穿過耶路撒冷的小巷
抵達萬聖之聖的中心

他挑著兩個巨大的竹筐
裝著好幾個季節的水果和蔬菜──
土豆有土地的顏色
番茄有血的顏色
木瓜是綠綠的
甘薯是甜甜的

現在他來到了耶穌誕生的大教堂
不遠的地方就是那堵哭牆

他將所有的瓜果和蔬菜擺在路邊
泥土是新鮮的，露水比太陽更亮

他蹲在地上，捲起一支煙
等待第一個顧客上前問價
他聽到附近的嬰啼
比人們的哀哭更響
那是唯一的聖樂

2002.6.20，三藩市

對比

一個尋常的早晨
一間尋常的辦公室
一位普通的顧客
當眾啃著一個蘋果

等候的隊列不長
讀不完一本書
卻足夠吃完一個蘋果

單純的蘋果、簡單的早餐
這位顧客啃了一大口
發出碎裂的響聲
每個人都扭頭觀看

當他吞下最後一塊
蘋果的香味飄逸在空中

我見證了這個世界
失去一枚蘋果的全部過程——
而在此刻
世界上的某些地方
有人的身體或頭部中彈

子彈從不會被吃掉
它們只是飛翔，並且吃掉

2002.8.15，舉家遠遊，
車行加拿大渥太華、蒙特利爾之間

孕婦

站在街頭

看見孕婦

挺著她們龐大的腹部

緩慢地走向分娩

我常常想

這是誰幹的好事

使一名女子懷孕

這種事情

我一生只幹過一次

只此一次就使我愛上了

全世界的孕婦

即使她們很醜
卻是最美麗的生靈
膨脹的子宮
母性的黑暗

我們都是閉著眼睛出生的
用卵子孕育我們
用臍帶餵養我們
用胎盤保護我們
用羊水滋潤我們
──那個人
我們睜開眼睛
第一眼就能看清

看著孕婦走過街頭
我想，但願我是那個
使她懷孕的男人
畢竟，我還這樣年輕

即使我徹底老了

拄著拐杖站在街頭

我也會側身給孕婦讓路

帶著內心的愛意向她們微笑

想起自己年輕時

本來可以生出

數不清的孩子

2002.10.9，三藩市

暖房的正午

厚厚的，玻璃房子
植物在正午假寐
紅杏逃避綠意的盎然
一隻野蜂誤入夏天
孩子的降臨出其不意

世界就這樣各就各位
生命的一半杳無蹤跡

2002.11，三藩市

暖房的另一個正午

厚厚的玻璃暖房外
我在正午假寐
一支手臂想伸出牆壁
暖房內，一個孩子要打破玻璃
放迷途的野蜂飛回春天

我在夢裡和你說話
夢見你，夢見你夢中的玻璃暖房
透明的是天空
不透明的是大地

你看我是多麼失敗，一個花匠！
植物和花卉都在枯萎、凋謝
我將臉緊貼著厚厚的玻璃牆
一言不發。看你
在暖房內追逐那隻野蜂

我想提醒你
當心螫人！
你聽不見我的話
只看見我的嘴唇

2002.11，三藩市

紙的鋒刃

接連兩天
我右手的食指
被薄薄的紙頁割傷
謙卑的、忽略不計的傷口
與鋒利的刀刃
留下的創傷根本不同
流出的血卻完全一樣
在電影裡我看到過殘酷的一幕
太監們將潔白的、布帛般的紙
澆上水
一層又一層地貼在
叛逆親王的臉上
蔡倫的兩腿瑟瑟發抖
皇家的宮殿巍峨輝煌

此刻，我感覺到柔軟的纖維
刺入肉體的那種疼痛

帶有一點點宿命的快感
我在紙上寫字的手指
被我寫字的紙張傷害

刀片和紙之間
因此存在著某種關聯
紙可以像刀片一樣將人割傷
甚至殺死
但刀片卻無法像紙那樣
折疊成小船
在小溪裡順流而下

2002，三藩市

防波堤

防波堤，波浪在拍打
催眠的聲音你無法聽見
你這耳聾的孩子
只聽見諸神的耳語

防波堤，波浪在喧嘩
憤怒的海，同樣鹹的水互不相讓
瞬間的升騰和跌落
你這小小的啞子有口難言

黃昏的月光在波浪上跳蕩
那純銀的陷阱，片片柔情
你坐在混凝土的大堤上，獨自一人
遠處的海港正廣播颱風警報
高音喇叭被漸濃的暮色吞沒

城市在更遠的地方
亮起朦朧的燈火

2003，三藩市

自由女神雕塑下

在紐約，自由女神雕塑下
淺淺的海灘
一尾受傷的，或是生病的魚
掙扎著
想游回大海

浪從曼哈頓島的那邊
一次次襲來，又一次次撤走
每一次都將魚推得
離岸更近

來自世界各地的遊人
擠在海灘上
看這尾頑強拍動尾巴的魚
漸漸地，不再和波浪搏鬥

2002.8.18，記8.11紐約所見

距離

我坐在校園的草地邊
看一個女子款款走過

淡黃的長裙
夕陽的餘暉

她走到我對面
在距我兩步遠的地方
停下腳步，打算繫緊
離我更近的
右腳的鞋帶
在她緩慢彎腰的過程中
青春的曲線
漸漸變成
完美的弧線
而乳房也由堅挺的姿勢

變為
垂懸

美的裸露
慾的遮掩

如果她在距我三步之遙的地方
彎下腰來
我可能只會對她
漠然看上一眼
如果她在距我一步之遙的地方
彎下腰來
我肯定會搶先伸出手
幫她繫緊右腳的鞋帶

你由此可以推理出
夕陽西下時分
曾有一襲淡黃長裙的女子
從我的左邊
　　向右邊走過

奢侈

有時候，奢侈能帶來罪惡感
比如，這個早晨，陽光入侵
蜻蜓的翅膀
因為樹葉
未能將它阻擋

在了無生氣的沙漠，一莖青草是一種奢侈
當炎夏來臨，草上的一滴露珠是一種奢侈
一頭羊兒在遠處看見了草
卻夠不著，多美妙的一種奢侈
這兩項因素正好構成一座牧場

坐在草地的一棵樹下
我擁有一杯茶、一本詩集
一頭羊，以及草上的露珠

在我從未跨越的河岸上
我有著平衡的銀行帳戶
對我從未說出過的神聖一詞
因為這種奢侈我心懷感激

2003.4.3，三藩市

擦亮馬燈

擦亮馬燈，馬廄裡的一盞馬燈
風中的夜行人
不知是漸行漸遠
或者是越走越近

馬燈微弱的光線
只照亮腳尖前的小路
留下晃動的腳後跟
馬燈也照亮客棧的土牆
斗笠或草帽的側影
遮掩起俠客的面容

風中的馬燈
鏽跡斑斑
誰的手將它點燃
又被誰輕輕擦亮

我提著燈油熬盡的馬燈
在電燈與霓虹的城市摸黑趕路
活像賣蠟燭的小販匆匆回家
所有的光明已銷售一空

2002，三藩市

跳樓之前一分鐘

這個早晨和昨天一樣乏味
天空有著我原老闆的臉孔
他解雇了我，因為我百依百順
這個世界已經沒有足夠的空間
給白癡或者詩人
我自己二者相混

我的職業是白日做夢
走走唱唱是我的正經
口袋裡硬幣在叮噹作響
我能分辨出，大多來自一分
但我絕不會向任何人乞討
我有足夠的錢
買死亡通行證

你不能指責美國──我不允許！
因為你的富裕，因為你的貧窮
或者，因為你不窮不富的鬱悶
這個早晨我決定一路登高
爬上建築物最高處的陽臺
看天堂的落葉瀟瀟而下

我進入底樓，那裡酒吧開放
我買了一杯咖啡，然後，又買了一杯
給一位女士──她承認自己是一名妓女
啊，體面的職業，和參議員一樣體面
怕是我再也無法成為她的顧客
我對她說「好運」，聽起來像是「好操」
我對她說「早安」，她回答說「晚安」
她看得出來，我仍然是一個陌生者、一個外國人

我爬到更高的樓層，像蜂巢中的蜂子一樣
人們在辦公室發出嗡嗡之聲
在那裡我遇見一名警衛，對我發出
曖昧的微笑

我告訴他，我也曾是一名警衛
除了太陽和星星，我啥也保護不了
我問他如何拼寫「安全」這個單詞
他是這樣拼寫的：securty
我注意到，有一個i（我）漏掉了
當然，一旦我登上雙塔的頂部
這個「我」，就要從人間蒸發

我想飛翔，輕如鴻毛
我想飄揚，細如微塵
我想死去，自覺自願
從其中一座高塔一躍而下
是我唯一的支票，留作兌現
把我的死亡發表在水泥地上
這副皮囊
還給爹娘

當我終於攀登到頂
看見一架飛機向我飛來
像一隻不祥的黑鳥
此刻是早晨8點45分，2001年9月11日

美國

紐約

我的名字被錯誤地加在

遇難者長長的名單之上

2003.2.12晨

三八線

現在，讓我逐一清點
我遇見過的那些女孩
屈指算來
只有一個人
還跟在我的身邊

其他的人都在老去
青春和愛情
奢侈的時間

即使最放縱的時刻
我的手也停留在平壤
從來沒有觸摸到
漢城的叢林和山泉

我想抱著一個枕頭
前去尋訪她們
像偷越國境的朝鮮難民
從北到南
穿過三八線

2004.8.4，三藩市

迎風奔跑

有多少年
我不曾這樣狂奔
沒有獵槍追逐
我早已失去野性

這裡陽光明媚
四季如春
席夢思上
夢，片片凋零

今天狂風大作
黑雲壓城
我起床，赤足奔跑
渴望有一道閃電
擊中我的靈魂

我發現在我的前面
另一個奔跑的人
纖弱的身體
被狂風吹彎
所謂弱柳扶風
大概就是這種情形

風，先吹拂她的臉頰
還是吹拂她的乳房
我無法回答
我只知道，她在我前面
腳步輕盈
吹拂過她身體的寒風
吹過我的身體

風來有聲
風去無痕

2007.11.11，全年僅此一詩。

貼身襯衣上的兩粒紐扣

有一些細節
總是讓我感動
比如，一個身量瘦小的老頭
拎著一只水壺
將溫水澆到
身量同樣瘦小的老太太頭上
幫她洗頭

我還遠沒有那麼老
老到拎不動一壺溫水
你如果老了
為你拎一壺溫水的
也肯定不是我
我們其實並沒有關係
一切都點到為止

室外夜幕降臨
客廳人聲鼎沸

你示意我
幫你解開貼身襯衣上的
兩粒紐扣

派對上，有美男子將一隻胳膊
搭在你的肩頭拍照留念
分別時又禮節性地
摟一摟你的腰肢
這些動作我都做不出來
做出來，也像是假動作

客廳裡的人
沒有留意到廚房裡
這一細節——
水龍頭的水聲
遮掩了我
解開你兩粒

襯衣紐扣的細微動作
滴水不漏
水到渠成

2006.10.25，無聞居

童年的刀疤

在一張床上
赤身而睡
相擁、相吻，或者相對無言
冷的脊背，抵近更冷的脊背
今天你才指給我
看──
這塊刀疤

藏在我背後
右側
第四和第五根
肋骨之間

借助一面鏡子
艱難的角度
我看到
一小塊凹地

裝得下好幾粒
大米

四十多年前
我是母親赤裸的嬰兒
二十多年前
我是你瘦削的戀人
現在，我是你的
男人
發福而慵倦
前途無所謂
光明不光明

母親把我交給你
她沒有忘記
我童年的那場大病
但這塊刀疤的位置
她說的恰恰相反

女人把我還給你
她們只接納我
她們可以容納的

那一部份
對這個藏在肋間的細小刀疤
無人留意
更不介意

2005.9.30

與盲者同行

車如流水馬如龍
這是天寶年間的盛景
李白看見過
李白說不出

千年不遇的盛世
被我遇到
車如猛虎人如狼
走在十字街頭
我就是李白
被逐出盛唐

一個失明的老婦人
用一根竹竿探路
在十字街頭
等候綠燈

那一丁點綠色
遠在天涯

我牽著她的竹竿
帶她過街
汽車在我們身前、身後
左邊和右邊
鯊魚一樣遊過

與一位盲者同行
她步履緩慢，但步伐堅定
帶著我從汽車的齒縫裡穿過
回到祖國

割喉者

這麼多年，我一直在想
那一年，那個人，那件事情
在他奉命割斷
那個年輕女人的喉管之前
他是否接受過一點
起碼的外科醫生訓練
至少，他應該當過剃頭匠
沒有什麼刀子
比剃刀離喉管更近

這麼多年，我一直在想
那個人是誰，他現在在哪裡
究竟是誰下令
讓他去割一個女人的喉管
讓她在死去之前
發不出一點喊聲

其實，那個人是誰並不重要
我相信他當時的工資
大概是37元5角人民幣
他已經退休，安度晚年
在你我中間，構成人民

2004.6，三藩市

畏光者

我伸出手來，在眼前晃動
我的眼眶深陷，面色蒼白
一看就知道是個病人
我怕光，厭惡太陽，拒絕
任何形式的光合作用
對所有的植物都深懷嫉恨

在幽暗的屋子裡，我居住多年
將身體縮成一團，盡量減少
我在地球上所佔據的空間
即使這樣，我仍然被光線包圍
我的絕望，就是鼴鼠
對於天亮的絕望

當太陽突然降臨，萬丈光芒
刺瞎了我的眼睛
我伸出手，在眼前晃動

卻無法看清自己的手指
但我能夠感覺到
我的雙手正緩慢地舉起
對世界的光明繳械投降

自費

五分錢
在今天，在我的祖國
連一根冰棍也買不到了
這樣要命的夏天

當年，在上海的一條小弄裡
幾件制服、幾頂大蓋帽
敲開了一戶人家
以國家的名義
向一個母親
索取這筆欠款

這是一粒子彈的價格
這是一次自費死亡

上海的龍華
花像血一樣綻開
1931年，有柔石
1968年，有林昭

2004.8.4

廣場

偌大的空地
千萬人站立
一個人獨臥

偶爾有救護車駛過
車裡躺臥的乘客
瞥一眼城樓上的畫像
確信自己活著
還會活得更好

躺著的還有嬰兒
他或她生下來就有遺產
比如，金鑾殿
比如，水晶棺

街頭，一台不知名的機器

走在街頭，看見幾個工人
在刪改一棵大樹
高高在上的一台升降機
將一個工人舉到樹冠之中
像一隻金屬的鳥巢
他舉起電鋸
「唰」地一聲
一根樹枝應聲落地

對一棵大樹的編輯工作
並沒有到此為止
路邊上，停著另一台機器
張著金屬的大嘴巴
沒有牙齒，只有兩排滾軸
碗口粗的、大腿粗的

甚至腰身粗的樹枝
塞進那個嘴巴
吐出片片木屑

這些木屑，自動滾入巨大的塑膠袋裡
那種黑色的、牢固無比的袋子
旋即被用鐵絲紮緊，丟入卡車
只有少量的木屑，散落在地上
隨後有清掃街道的車子駛來

它走過之後，樹下已恢復舊貌
好像什麼都沒有發生
只是在路面上，隱約可見
清掃過的痕跡
因為過於乾淨

2004.7.21

大明湖

（報載：濟南大明湖近日排水清淤，係1500
年來第一次。）

辛棄疾洗過盔上的紅纓
醉裡挑燈看劍
汴梁城已遠，杭州灣又近

李清照洗過袖中的紫帕
誤入藕花深處
驚飛一群海鷗，幾隻白鷺

我洗過朝聖的赤腳丫子
然後去登泰山，去拜孔廟
做一個乾乾淨淨的中國人

一泓水，就這樣捧給日月
成明，成大明，成摔不破的鏡子
滄浪之水，細細的掌紋無人可讀

千年未竭的水，一旦抽乾
湖底的淤泥，何其肥沃啊

2004.5.10，三藩市

難忘的一天

在一座偏僻的鄉村小鎮
一家不起眼的藥店
我指著玻璃櫃檯內擺著的
比香煙盒還小的
一個物品
囁嚅著對女售貨員說
「我要買這東西」
我的聲音含含糊糊
連自己也沒有聽清

在櫃檯外面
紅色的標籤寫著
「計劃生育用品」

那年我已差不多二十四歲
歲月空逝，肉體的激情
總是遭遇紅燈

此刻我終於抵達了這家小店
購買第一包那種東西
慾望雖然強烈
我卻如此羞澀

我的臉頰泛紅
指著櫃檯內的那盒物品
眼睛卻盯著別處
那個女孩，年約二十出頭
從櫃檯的那端走近我
我記得她的臉龐
如桃花燦爛綻開

用更低的聲音
她問我：
「什麼型號？」
我當時怎麼會知道
這場簡短的對話
以我的沉默告終

2003.10.30

江西水

水從江西流來
流到湖北，穿過長江與漢江
關於地理
我的知識恰恰相反

人從江西走來
走到湖北，穿過長江與漢江
草鞋上沾著
贛水邊的紅壤

清朝哪個年間的遷移
就這樣被河流切割
兩個男人，嫡親的兄弟
只帶著一包
適宜燒製瓷器的泥土
和兩根沒見過世面的
生殖器

打短工、當長工

種植水稻，兼種小麥

不種玉米和高粱

黃梅雨過後

糧食的香味飄過九江

這個碼頭的下游

黃黃黃黃的是長江

遠遠遠遠的是長江

聽說五十多年前

有陌生人曾從江西

來到湖北的那個村子

尋訪五十多年前

逃荒來的兄弟倆

結果只見到了兩堆泥土

和一群男男女女，全長著

當地罕見的碩大鼻樑

他們的湖北土話裡

帶那麼一丁點兒

紅壤和贛水的混合澀味

高祖、曾祖、祖父
父親、我和小兒郎
江西話、湖北話、普通話
四川話、蹩腳的和地道的
美國英語
一個多世紀，這失語的過程
在方言與官話、洋話之間糾纏和掙扎
不過是為了喪失
土地、莊稼、故鄉
祖先掛好鋤頭
埋好骨頭的地方

父親去年才放下鋤頭
我已多年沒摸過鋤頭
兒子根本沒見過鋤頭

詩後贅言：2003年12月24日，平安夜，與二妹通話，她言及日前出差
　　　　　江西，遇見一程姓人士，彼此交談，直覺似有親緣關係。
　　　　　該江西人士並稱，其所在村落，人多程姓，其鼻壯碩，與
　　　　　吾家人無異。回想祖父在世時，曾口述家史，言吾家先祖
　　　　　清末徙自江西。聞此神秘奇妙之事，深感先輩含辛茹苦之
　　　　　恩，夜不能寐，成詩以紀。

第三人稱

她告訴他
他結婚了
此後，他們再也
沒有提起過他

直到幾年以後
偶然地，她告訴他
他已離婚

他告訴她
她結婚了
此後，他們再也
沒有提起過她

直到幾年之後
偶然地，他告訴她
她已離婚

蘋果

不經意地
她將一枚蘋果
放在大腿之間
一枚綠蘋果

一盞綠燈

准許我的目光
停留得長一點，正正經經
我盯著她身體那一部位的
一枚蘋果
我本來不該看的地方

幾分鐘後
她將蘋果
放回桌上
什麼都沒有改變

除了蘋果的顏色

隨著紅蘋果
我將視線從她身體
那一部位移開
只有水果的芳香
留在兩腿之間
甜甜的氣息滲透織物

2004.9.16，三藩市無聞居

國際航班

小小少年
奔跑在禾場
紙折的飛機
斜過荷塘

我帶著那枚
紙飛機
通過海關
一言不發

海水無痕
沒有一朵荷花
在六月綻放
我的紙飛機
只是行李的一部份

在臨窗的座位上
我將紙飛機拆開
在一萬英尺的高空
此刻，一張紙飛翔

我無法復原
這張紙
成童年的飛機
而紙上的折痕
也難以撫平

2005.9.30下午

蝴蝶

我在車內，車在路上
路在田野裡
田野在初夏
一群一群的白蝴蝶
暮春的倖存者

那樣纖巧的翅膀
純潔得令人傷心
撲蝶與化蝶的女子
終不免紅顏薄命
帶走自己的處女之身

飛馳的鋼鐵
與蝴蝶無緣
它們最多不過
在擋風玻璃上
輕輕一吻

車輪經過的路面
梨　花　紛　紛
楊　花　紛　紛
雪　花　紛　紛

開車的不是我
我是坐車的人

2005.8.31，三藩市無聞居

小狗

我和你
坐在汽車的後座
腿與腿之間
可以放下一本書

我們坐得遠的時候
那本書能夠攤開
一旦我們靠近
書就只能
側身而立

那本書其實並不存在
存在的是一隻小狗
白色，跳躍，蜷縮
一會兒就昏昏欲睡

它將兩條後腿
放在我的腿上
而腦袋則枕著你的腿
毫無顧忌，因此幸福

我們的兩腿
仍然隔著一本書的距離
肉體的溫度
因為一隻小犬
合二為一

2006.12.22，冬至前一日

金魚

三、五個十三、四歲的
男孩子，簇擁著
一個七、八歲的男童
從我的身邊跑過
用西班牙語叫嚷

男童的手裡
提著一個塑膠袋
盛了半袋水
和一尾金魚

金魚小得像一粒蝌蚪

如果我伸出腿去
他們全都得絆倒
塑膠袋的水潑出來
金魚的尾巴

徒勞地擺動

這個念頭只有一瞬
他們已經跑遠
我無法追上他們
那一袋水，一尾金魚
就這樣被他們
永遠提走

2006.11.10夜

中國，我的火車停了

中國，我的火車停了
停在晚間八點三十分
電視的黃金時段
到處鶯歌燕舞
更有潺潺流水
紅色電視劇裡
每一集都是謳歌
中國人殺中國人

中國，你的車門緊閉
不讓我下車
我要點燃我的衣服
赤裸著，向車尾奔跑
這燃燒的火炬
比閃電更亮

和你一日萬里的速度相比

我的奔跑多麼徒勞！
鐵軌在我的腳下延伸
風一般飛馳而來的
是另一列火車，也叫中國
一個停下不走的中國
一個停不下來的中國
在同一條鐵軌上，就這樣
轟然相遇

2011.7.26

輪下
──悼念浙江村長錢雲會

二十多歲時
我寫過一首詩
名叫〈軛下〉
很多城裡人都不知道
「軛」是什麼東東
其實，當了一輩子牛的農民
也未必知道

四十多歲的時候
我寫這首〈輪下〉
那些拉犁的人形的牛
很多已無地可耕
比牛牛百倍的工程車
轟鳴而來
將他們壓成肉餅

2011.1.1，陰雨中，並聞詩友力虹死訊

大峽谷
——給爾雅

矇著你的眼睛
將你朝懸崖邊推
你的肩頭
在我的懷裡
我們從夏天來
以為這裡
也是夏天

風吹著你單薄的衣服
煞是好看
當年只打算看你一眼
這一眼就是二十多年

深淵越來越近
你一無所知
科羅拉多河

在四千英尺的谷底
時光如箭

這是一切歸零的峽谷
連羽毛，也難以飄墜谷底
我矇著你的眼睛
走向深淵

我知道，每一步
都在接近終點
而矇著你的眼睛走向懸崖
我在做
天在看

愛情艱難，婚姻平淡
一個清貧的男人
把自己的一切交給你掌管
此刻，你被矇著眼睛
被我推著，走向大峽谷

「哇」地一聲驚叫
我的手已經移開

而腳步也同時停止
萬丈絕壁
在一步之外
美，撲面而來

2011.5.7，日本沖繩，寫給妻子生日

洛麗塔

一半是女兒
一半是情人

有時是女兒
有時是情人

情人般的女兒
女兒般的情人

意淫美麗
而且神聖

當愛為禁果
甚至禁忌

2011.11.29

蒸汽機車

1

夜深如井。星光的沉淪

無可挽救，蟲鳴的聲音

從獄牆根上升。那微弱的天籟中

隱含著露珠滾落草葉的

碎裂之聲。大地是斷裂的

而橋樑縫合起地球的裂痕

高高的堤壩

集合起水的力量

在漆黑的夜裡

連液體也變得赤裸、沉重

水面上，一圈細小的漣漪

構成風暴來臨的預兆和隱喻

颶風在遠處釀造海洋的氣息

連躲在泥土與草叢中的
最卑微的生靈
如一隻蟋蟀，甚至一粒螞蟻
都感受到了
大地的顫抖

2

如同一場浩大的演出
在夜幕之下展開
黎明前的天空，即將抖出
它全部的藍色綢緞
然後，用比血更紅的太陽
那萬年不墜的黃金的抹布
塗掉所有的色彩

光明統治著世界
光明獨裁著世界

一個天生的盲者
用竹竿叩問小路
在黎明時分，滴落鼻尖的露水

沁涼中含有更深的寒意
這午夜的潛行者
被黑暗終身監禁的人
用耳朵貼著一棵小樹
驚訝於這樣細小的樹幹
與大地卻有這樣深的牽扯
垂暮者乾枯的眼眶
湧出孩子般的淚水

3

那一年的冬天，雪下得很大
我的記憶裡只有白色
在遠方的鐵路工地上，父親奄奄一息
母親牽著我的手
頂著凜冽的寒風
走了幾十里的小路
去看望父親的生母
告訴那個苦命的老人──
她的獨生兒子很快就要死去
這一輩子將再也沒有機會
坐一回火車
駛過他親手修築的鐵路

父親後來回到了家門
是自己走路回來的，還扛著鐵鍬
他哈哈地笑著，告訴我們
他看見了火車
長長的傢伙，黑不溜秋
「昂昂」地吼幾聲
放出幾串白色的響屁
一溜煙就沒了影兒
父親說到這裡意猶未盡
帶點遺憾的口吻，承認自己看見的
只是一輛拉牲口的貨車

隊長一直在抱怨
催人上工的鐵鍾
常常敲破，於是
他帶回了一截廢棄的鐵軌
懸掛在村子中心
生產隊倉庫的簷下

我是在敲擊鐵軌的聲音中長大的
一小截鐵軌，長約一尺

就這樣被村民們扣留下來
它被鑄造和鍛打
完全是白費力氣
從閃閃發亮到鏽跡斑斑
它就那樣懸在風中
像一根絲瓜，在歲月裡失去光澤

4

烏克蘭人保爾・柯察金
在浩瀚無邊的紅色俄羅斯
冰天雪地的西伯利亞
揮舞鐵鎬，修築穿越森林和荒野的鐵路
一鎬下去，飛濺起幾粒冰渣
大地板結，冬天頑固
這個傷寒病患者無藥可醫

西伯利亞，十二月黨人的流放地和墓園
每一棵白樺樹都是墓碑
這誕生過普希金的大地
槍殺了沙皇全家——整整十二人
未成年的兒子和女兒成為殉葬品

就在森林裡，在冰雪掩蓋下
世界最強大的帝國土崩瓦解

保爾‧柯察金，我童年崇拜的英雄
如果你還活著，我好想和你談談
你情竇初開的少年時代
談談你家隔壁林務官的女兒
她的名字叫冬妮婭
美麗和富有，這兩種罪惡你痛恨多年

大地收藏噩耗
大地盛產謊言
一個在冰雪中築路的青年人
一轉眼就走到了生命的盡頭
那列期待中的列車
仍然——沒有駛來

5

駛來的是另一列火車
日瓦戈醫生乘坐的那列
悶罐火車，囚籠般的艙室

擠滿了稻草、破絮和倒楣的讀書人
一股無法抗拒的力量
將他們拉向遠方
不是屠場，是集體農莊
奧爾維辛集中營的仁慈版本
在那裡他們將脫胎換骨
重新作人

俄羅斯的黎明靜悄悄
山毛櫸一片沉默，森林深處
傳來狼的嗥叫，破曉前的寒意
由茲加深。日瓦戈醫生將頭探出車窗
看到遠處的曠野一望無垠
被兩條冰涼的鐵軌緊緊擁抱

他不會想到
當他一次又一次
試圖逃離悶罐火車的同時
一個中國鄉村少年
望著屋簷下懸掛著的
一截鐵軌發呆
他想把自己當一匹瘦小的毛驢

裝上火車
運到山東
那個據說出產阿膠的地方

6

「饅頭是可以殺人的！」
在電影裡，我看到過這樣的一幕：
一個落難贖罪的醫生，好幾天粒米未進
奉命搶救一名難產的農婦
手術之前，有人好心地端來了
白花花的、新出籠的饅頭
他顧不得體面，往肚裡狼吞虎嚥
饅頭在空空的腹內迅速膨脹
救命的醫生就這樣無人可救
這部中國電影名叫《活著》
只有外國的中國人才能看到

「麵包屑照樣殺人！」
這樣的情節，來自一本薄薄的小書《夜》
艾利・維塞爾（Elie Wiesel）在納粹的集中營
度過恐怖的少年時代

終於快要解放了，父親和他
以及數百名骨瘦如柴的囚徒
被悶罐火車轉移到別處
停車休息的時候
納粹軍人朝車廂內拋擲麵包屑取樂
看囚徒們拚盡最後一點力氣
為指甲大的麵包屑而爭搶、推撞
父親就這樣被活活擠死
黎明前的黑暗將他吞噬

7

破曉時分。寒冷在圍困黎明
霧嵐飄過樹梢，幾縷白色的幻影
我坐在一列南行的貨車尾部
被稱為「守車」的車廂裡
我患著病，從北京返回鄉下
載我離開鄉村的火車又將我原物退回
但我已不再是我
我已經是坐過火車的人了
而且，火車還駛過了河南
中原大地的乞丐結成了丐幫

駛過了河北，那燕趙之鄉

慷慨悲歌的壯士無歌可唱

最後我到了京城

見到了天安門城樓

莊嚴、肅穆，令人敬仰

但街燈遠不如現在明亮

我在破曉時分搭乘免費貨車

像錯投的信被退回寄信人的手中

貨車在半路突然停下

押車員將信號燈交給我

吩咐我說，有一輛列車會從南邊駛來

等它完全駛過之後

你就站在鐵軌上

朝著車頭，將信號燈高舉過頭頂

按順時針的方向畫三個圓圈

然後你就趕緊上車

千萬不要被火車拉下

說完這些，押車員倒頭就睡

將整整一列貨車託付給我

一個十七歲的鄉村少年

心中有剛剛點燃的爐火

詩歌和愛情在熊熊燃燒
對世界的渴望
是奔騰和呼嘯

8

大地的震顫，在日出時分變得真切
一列破敗的、黑黝黝的蒸汽機車
牽引著運煤的冗長車廂
吼叫著，喘息著、咒罵著
從隧道的那端，披著滿身的夜色而來
抖落細小的煤屑
咳出嗆人的煤煙
它的胸腔裡，熾熱的爐火
漸漸冷卻、熄滅

即使滿滿一列車烏黑的好煤
也無法拯救這列──蒸汽機車

2003.5.20初稿
美國三藩市無聞居

後記

　　從2011年2月到2012年6月，台灣秀威科技資訊有限公司，陸續為我出版了一套四本的選集，計有《大地的酒漿——程寶林美文選》、《父母的歌謠——程寶林鄉親散文選》、《中國的異端——程寶林思想隨筆選》、《臨街的窗戶——程寶林詩選》。前三本的責任編輯為孫偉迪先生，後一本的責任編輯為黃姣潔女士。

　　此前，我與這家近年來以POD印制為特色的出版公司並無聯繫，和這兩位編輯更未謀面。一個偶然的機會，我讀到了該公司出版的一本書，並從中得到了秀威科技的電子郵箱。我寫了一封信去，試著聯繫一下。出乎意外，我很快獲得答覆，請我將作品編好後寄去審閱。於是，我編好一本，送審一本。四本書，無一例外獲得通過。毋須自己出一分錢，還有有效期長達七年的版稅合約，作為作者，我深感欣慰。

　　在一年多的出版過程中，這兩位編輯，表現了極高的敬業精神和專業素養。和他們的電郵往來、書稿往返校對，都是極其愉快和溫馨的事情。可以這樣說，因文結緣，以書會

友，我的這四本書，由此流入台灣社會的各個層面，從此，我與台灣，結下了不解之緣。也正是因為這種合作，台灣文化人和出版界，在我心中留下了非常美好的印象。

從我1982年7月，在中國東北吉林省的《長春》月刊，發表處女作詩歌〈邂逅〉，到2012年6月，在台灣出版這本《臨街的窗戶──程寶林詩選》，時光正好流逝了三十年。二十一種著作、一百多部選集，聊可告慰我五十年的求學、求職、成家、立業的歲月。

這一套四本選集，或許可算作是我送給自己的生日禮物。但它們更是我對世界和人生的追索和言辭。

讓我在此說一聲：感謝秀威，感謝偉迪和姣潔，感謝台灣！

2012年6月27日，美國首府華盛頓

讀詩人24　PG0817

 臨街的窗戶
　　──程寶林詩選

作　　者	程寶林
責任編輯	黃姣潔
圖文排版	王思敏
封面設計	王嵩賀

出版策劃	釀出版
製作發行	秀威資訊科技股份有限公司
	114 台北市內湖區瑞光路76巷65號1樓
	電話：+886-2-2796-3638　傳真：+886-2-2796-1377
	服務信箱：service@showwe.com.tw
	http://www.showwe.com.tw
郵政劃撥	19563868　戶名：秀威資訊科技股份有限公司
展售門市	國家書店【松江門市】
	104 台北市中山區松江路209號1樓
	電話：+886-2-2518-0207　傳真：+886-2-2518-0778
網路訂購	秀威網路書店：http://www.bodbooks.com.tw
	國家網路書店：http://www.govbooks.com.tw
法律顧問	毛國樑　律師
總 經 銷	聯合發行股份有限公司
	231新北市新店區寶橋路235巷6弄6號4F
	電話：+886-2-2917-8022　傳真：+886-2-2915-6275

出版日期	2012年9月　BOD一版
定　　價	320元

國家圖書館出版品預行編目

臨街的窗戶：程寶林詩選 / 程寶林作. -- 一版. -- 臺北
市：釀出版, 2012.09
　　面；　公分. --（讀詩人；PG0817）
BOD版
ISBN　978-986-5976-60-6（平裝）

851.486　　　　　　　　　　　　　　101015802

讀者回函卡

感謝您購買本書，為提升服務品質，請填妥以下資料，將讀者回函卡直接寄
回或傳真本公司，收到您的寶貴意見後，我們會收藏記錄及檢討，謝謝！
如您需要了解本公司最新出版書目、購書優惠或企劃活動，歡迎您上網查詢
或下載相關資料：http:// www.showwe.com.tw

您購買的書名：_____

出生日期：_____年_____月_____日

學歷：□高中 (含) 以下　　□大專　　□研究所 (含) 以上

職業：□製造業　□金融業　□資訊業　□軍警　□傳播業　□自由業
　　　□服務業　□公務員　□教職　　□學生　□家管　　□其它____

購書地點：□網路書店　□實體書店　□書展　□郵購　□贈閱　□其他

您從何得知本書的消息？

　　□網路書店　□實體書店　□網路搜尋　□電子報　□書訊　□雜誌

　　□傳播媒體　□親友推薦　□網站推薦　□部落格　□其他_____

您對本書的評價：（請填代號　1.非常滿意　2.滿意　3.尚可　4.再改進）

　　封面設計____　版面編排____　內容____　文／譯筆____　價格____

讀完書後您覺得：

　　□很有收穫　□有收穫　□收穫不多　□沒收穫

對我們的建議：_____

_____

_____

_____

11466
台北市內湖區瑞光路 76 巷 65 號 1 樓

秀威資訊科技股份有限公司　　　收

BOD 數位出版事業部

....

（請沿線對折寄回，謝謝！）

姓　　名：_____　年齡：_____　性別：□女　□男

郵遞區號：□□□□□

地　　址：_____

聯絡電話：(日)_____　(夜)_____

E-mail：_____